走一條共森到創生之路

陳美惠、汪文豪 ■ 著

瑰寶台24、里山根經濟

Satoyama Revitalization
in North Pingtung

目次

林務局局長序

　　與台24線原住民部落的夥伴關係，是一個長期深耕的歷程。12年不算短的時間，讓林務局同仁最感動的是莫拉克災後，部落第一個尋求協助重建的公部門是林務局。林務局也非常慶幸選擇最好的陪伴團隊—屏東科技大學陳美惠教授研究室，感謝團隊不辭辛勞長期在部落蹲點、輔導、溝通。協力台24線沿線部落發展生態旅遊，並透過創新一、二、三級農業產業價值鏈，成為原鄉重拾傳統價值的典範案例。

　　國有林區位交疊原住民族傳統領域，林務局必須理解原住民族的思維與學習原住民族利用自然資源的傳統智慧，透過不斷調整才能逐漸取得與原鄉部落一致的步伐。而部落族人的信任，是支撐林務局與原鄉持續溝通、理解、合作的動力。屏科大輔導團隊無私的陪伴、輔導，則是部落與公私部門間的潤滑劑與黏著劑。透由部落社區的在地力量，結合政府與學界的資源挹注與陪伴，以里山倡議為指導原則，發展在地特色的「里山根經濟」，讓生態、文化與產業共存共榮，吸引年輕人返鄉投入，永續部落發展。

　　林務局是執掌林業及自然保育的中央主管機關，除了國

有林地與中央山脈保育軸帶的森林生態維護，也開始推動國土生態保育綠色網絡計畫，希望讓國有森林、淺山地帶、平原地區、海岸，透由森川里海保育，達到有效的保育串連，因而更需要原鄉部落的夥伴們，守護里山的源頭——森林環境。因而正竭力透過相關政策，如社區林業、林產物多元利用研發、林下經濟、原鄉文化加值運用等，讓族人能真正重返森林、利用森林，在確保森林生態系的完整功能的前提下，讓森林生態系的多元價值與惠益充分分享給周邊部落、社區，重新縫補數千年來原住民族與森林的親密關係。

林務局局長

林業試驗所所長序

　　公路台24線舊編號是台22，原計畫連接屏東市和臺東知本，號稱「新南橫公路」。實際上的通車路段只到阿禮，沿路經過長治、鹽埔、內埔、三地門與霧臺等鄉鎮，總長約48公里，台24線雖不顯眼，卻是難得匯聚薈萃人文、富饒物產與里山生態，稱之為「瑰寶之路」，一點也不為過。

　　但於2009年8月8日的莫拉克風災，降下的兩千多毫米雨量，將這瑰寶之路摧殘得柔腸寸斷，部落受創嚴重，許多地方無法居住。為了重回及重建這瑰寶之路，林務局、屏東科技大學的陳美惠教授及原住民頭目與原住民合作，用里山倡議為精神，透過社區林業進行生態監測，生態復育與生態旅遊為基礎，發展林下經濟、循環農業與混農林業等，建構「里山根經濟」模式，幫助莫拉克風災受創的原鄉重新站起，讓山林恢復綠生機，讓原民文化永久傳承，讓部落生活永續共榮。

陳美惠教授十年來在台24線的投入，累積豐富學術與實務經驗，藉由文豪的生花妙筆，記錄分析了這段故事，前半段為里山根經濟之理論闡述，後半段為部落社區故事介紹，兼顧了理性與感性，非常值得大家來品味。

林業試驗所所長

張 杽

森生不息根經濟

　　記得一次難得的機會和陳美惠教授前往霧臺鄉的阿禮部落，一路沿著台24線前行，沿途風光明媚與山線追逐抵達阿禮，一下車即看到群峰綿延，或深或淺的鬱綠襯著雲霧堆疊在眼前，像仙境一樣，完全不敢想像十年前莫拉克風災的時候遭受到的重創有多嚴重。

　　親眼見識到破碎山河的陳美惠教授，深切體認到經濟與保育必須維持平衡才能共生共存，在有限的人力和物資的條件下，組織校內各系跨領域團隊，找到社區、部落的特色，串聯居民開始一步一腳印的進行：輔導魯凱青年回鄉，將富饒文化涵養的阿禮部落發展生態旅遊；導入林下經濟種植金線連、山當歸、林下養蜂、養雞、段木香菇等項目，建立原鄉自給自足的產業鏈，不只要讓部落有生產力，同時又具備維護生態平衡、保留文化特色的里山根經濟。

　　大學作為培育人才教授知識的智庫之外，更是要破除學術的藩籬，更貼近在地，並以公信力取信於地方，服務社區發展提升經濟脈動，是大學社會責任的目標。但是深耕社區是需要時間的，陳美惠教授從不畏懼時間的考驗，才能在整個台24線創生發展的成果上，展現驚人的成績。同時順應聯合國推動的永續發展目標，在資源浩劫與糧食短缺的困境下，希望能持續推動友善土地與循環經

濟，但永續事業不是只有空談，需要學者與政府、民間共同支持與實踐，陳美惠教授便是扮演這個重要的橋梁，與當地居民、社團、公部門形成一個互助互信的網絡組織，導入屏科大在專業知識與技術上支援，找出各地部落的經濟特色，取得居民與團體的信任，獲得公部門的支持，共同努力下找出適地適性的發展方針，開發與保育的天平維持了完美的平衡。

這本書細數台24線自風災之後一路走來的重生經驗，以純真樸實的筆觸，帶出辛苦重建過程。也希望傳達敬畏自然的觀念，讓各界都能更加關注觀光發展、產業開發是必需與國土保育、環境永續共同落實，兼顧山林保育的生態旅遊更能將觀光、文化結合，以里山倡議的精神將台24線沿途的風光，具體且有生命力的再現。

十年重建之路走的不易，在大家相互扶持下期待未來將會走的更加穩健，開創出一條「森生不息」的永續之路。

屏東科技大學校長　

極端氣候在雲端上的祝福——
莫忘感恩、拉近距離、克服萬難

sabau sabau sabauku kidulru makanaelre

（辛苦了！辛苦了！這一路滄桑的日子裡，真辛苦了大家！）

tamasu palrapalra tamasu palrapalra yae

（要擔待！相勉勵！在未來悠悠的歲月中，我們攜手走過！）

wuinasinilruva wuinasinilruva lrumede yae

（虛詞詠嘆）

《魯凱古調／疼惜》

　　猶記得2012年林務局李桃生前局長，風塵僕僕遠從臺北，偕同屏東科技大學陳美惠教授社區林業工作團隊造訪阿禮部落，海拔1253公尺傳統領袖家屋Rarubuane（文化廣場）立柱前吟唱了首段《魯凱古調／疼惜》，歡迎李前局長的到訪，以及刻骨銘心的激勵與支持，災後持續推動林務局「社區林業協助社區夥伴重建計畫」協助受創部落重建家園，發展生態旅遊產業，期勉打造居民生計與生態保育的雙贏局面，歷經災後三年產官學合作，不只重振部落產業發

展的契機，也讓阿禮部落的石板屋、人文歷史得以記錄與保存，2013年12月6日榮獲行政院國家永續發展委員會主辦「102年國家永續發展獎」殊榮。2017年4月，在臺北醫學大學林益仁教授辦理「里山行動計畫」，特別邀請林務局高階主管走訪部落，跨越東、西魯凱跟茂林三社，研商焦點是共管共治，全程參與走動式工作坊，是年4月27日林華慶局長冒雨上山首次踏訪阿禮部落，希望藉由行動工作坊，深度匯談，原住民傳統生態的智慧、國家體制自然資源的治理，與研究韌性學術的專業，提供經驗的分享和討論，期盼能夠建構出國家與原住民族，在傳統領域自然主權與國家體制之間尋出最大公約數，質言之，即共管、共治、共享、共榮的可行模式，以紓解原住民與林務局長年的對立與緊張的衝突。李前局長的阿禮破冰之旅，林局長的部落善意之行，林務局開啟的心門與實際行動，實為劃時代的歷史新局。

　　國立屏東科技大學社區林業，素稱「保育天使」的陳美惠教授，13年以來，莫拉克災變前後，對原鄉不離不棄，

投入環境保護、生態旅遊乃至里山根經濟的實際行動，遙想1999年從九二一大地震中鳳凰谷鳥園的獲救，歷經國境之南台26線，推動恆春半島的生態旅遊，多少個白晝黑夜裡，奔波勞頓，上山下海，自然人文的關懷與學者使命的義行，霧臺鄉族人賜名給她Cemedhase（和煦的陽光）與Samelrenge（馨香遠播）自有她不平凡超人的意志力，冒著生命危險、親愛土地人民的典範，部落發展史新添了一頁「悲憫上帝的兒女」行腳在殘破山河的故事。

面對政府、學術界或慈善團體，災後重建蒙受多方關照，躬反自省，原鄉族人才是關鍵角色，該扮演在地自主的行動，不枉四方協力重建的用心與付出，但因著氣候不穩定，大多數的族人被迫遷到平地──長治百合部落園區「永久屋」，阿禮部落推動生態體驗之旅，仍是未定之天！早在20年前霧臺鄉各部落即已開始嘗試自主性推動生態旅遊，隨著歲月更迭，極端氣候嚴苛地考驗，彷彿又是宿命的輪迴，客製化預約，訂單爆表，豪雨特報即來，預訂取消，或延行程，颱風警報，一波波威脅，旅程只得作罷……，反反覆覆，族人徒呼負負，望天興

嘆，自動下山，另謀出路。推動生態旅遊的時間（2007年）為標的，12年自有前後不同層次的作為與成就，換句話說，「生態旅遊」的推動，務必產、官、學、研、N（慈善團體）的五力結合才能成事，成事在人的協力合作，但要成功，仍在天意，阿禮部落極端氣候無論如何都勉力前行，一直面對艱辛的困境與挑戰，該如何與大自然和諧共處？如何在瞬息萬變的氣候中推動生態旅遊？又如何在政治意識型態介入體制中，實踐最大公約數的社會責任？本書的出版，無異注入一劑強心針，針砭時局因應策略，走一條共森到創生之路。

　　莫拉克災後10年，秋末冬初，細細溫讀本書道出台24線省公路沿線各部落，政府各相關部門駐點重建的故事，知名新聞主播、節目主持人、旅遊專業作家眭澔平曾說：「唯有在最邊遠、偏僻的角落，往往可以看到最高貴的靈魂。」從本書中，我們可以真實看到一群高貴的靈魂，一本初衷的良心，良知、良能在臺灣南端最脆弱的公路沿線各個角落，持續發揮堅韌的生命力，關照土地，保育臺灣的美麗家園。挑戰難關，關關難過，仍要奮力前進，我們大膽的主動提出「自然人文生態景觀區」的劃設，搭配「里山根經濟」的創生，透過本書系列的剖陳細述，擷取永續發展之道，推薦序言共勉：「風簷展書

讀，古道照顏色，一切歸零，重新思考。」誠懇呼籲族人以感恩謙卑
的態度，堅毅果決的行動，因應時局與自然的變換，固守傳統領域的
生命護育，擔任良策善意的心靈捕手，期盼有朝一日，在雲端上的阿
禮部落千杯、萬杯，再來一杯的小米酒，回敬疼惜我們，關照我們的
朋友。

　　人生追求的無非就是培養「豐富的知識、專業的技術、人文的態
度與價值，以及實際的在地行動。」汪文豪君，來自臺北的記者——
當過聯合報和天下雜誌記者、共同創辦網路媒體上下游新聞市集、在
財團法人豐年社創辦農傳媒，以深度調查報導拿下三次亞洲出版協
會（The Society of Publishers in Asia 簡稱SOPA）的「卓越新聞
獎」，俗稱「亞洲普立茲」。文豪君從社會新聞起家，熱愛這塊土
地，迷上農業經營，相關新聞報導得獎都和農業土地有關，字裡行間
做足功課，友善自然環境，頗具自然人文生態深度關懷的情操，專注
中央山脈之南，屏東市到阿禮部落48公里的省公路，台24線的美麗
與哀愁，生靈活現化為經典，既洋溢生機又充滿挑戰的創生之路，呈
現世人眼前，無非就是臺灣的「良心」，良心得之於良知與良能，貴
在社會責任的在地實踐，見證了公民五大核心素養「知識、技能、態

度、價值與行動」的典範，個人極力推薦本書公諸於世，喚起敬天愛人護土的普世價值。

魯凱民族議會主席　包基成
Lavuras. Abaliwsu

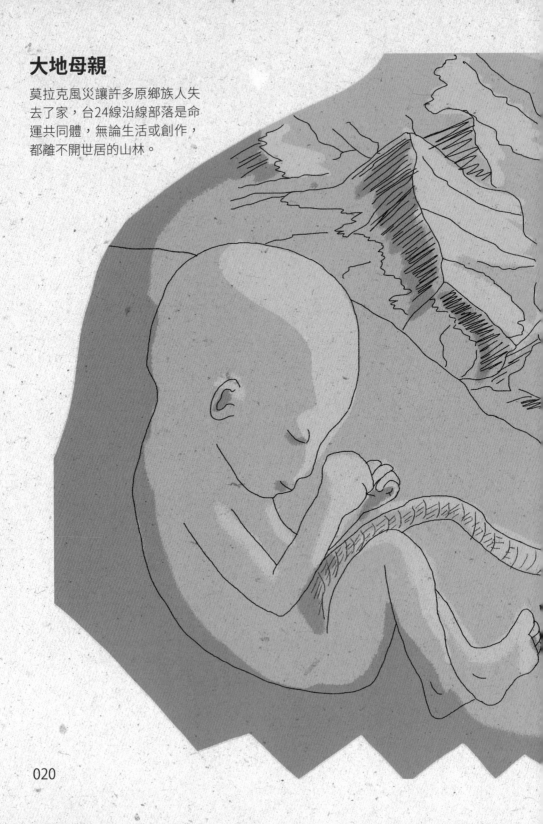

大地母親

莫拉克風災讓許多原鄉族人失去了家，台24線沿線部落是命運共同體，無論生活或創作，都離不開世居的山林。

020

瑰寶台24線，
串連「森－川－里－鄰」之路

　　省道台24線，位於屏東縣境北方一條全長不到50公里的東西向交通道路，從屏東平原出發，沿著隘寮北溪向東北深入中央山脈，聯接了平原地帶的屏東市、長治、鹽埔與內埔等客家與閩南漢人鄉鎮，也溝通了淺山地帶的三地門與霧臺等原住民鄉。

　　其中，三地門鄉與霧臺鄉裡眾多的排灣族與魯凱族部落，像是珍珠般地被台24線串起，成為南臺灣山林裡耀眼的項鍊。在臺灣西部的交通路網裡，台24線雖不顯眼，卻是難得匯聚薈萃人文、富饒物產與里山生態的「瑰寶之路」。

　　從屏東市和平路與建國路口開始，台24線一路蜿蜒緩向東北前進，經過長治、鹽埔、內埔、三地門與霧臺等鄉鎮，抵達霧臺鄉阿禮部落為終點。這短短的47.5公里，地景迅速從海拔100公尺沖積平原、500多公尺高的淺山到1400公尺以上的高山，不到兩個小時的車程，即可飽覽繁華城市、富裕農鄉、寧靜山村與雲霧森林的地貌變換。

　　這條貫串屏北地區「森–川–里–鄰」的公路，不僅連結著屏東平原裡的臺灣熱帶農業重鎮，淺山地帶隘寮北溪流域原漢族群構成的里山生活，更與中央山脈原始森林裡的生態住民脈動，息息相關。

莫拉克災後阿禮部落族人與屏科大團隊進行資源調查與監測。

　　生活在屏東平原的農友千家萬戶，種植著稻米、紅豆、木瓜、香蕉、椰子、蓮霧、甘蔗、竹筍、鳳梨、芋頭、芒果、印度棗等雜糧蔬果，或從事乳牛、豬、羊、雞、鴨、魚蝦等畜牧水產養殖。多樣化的熱帶農業物產透過台24線串聯國道三號銷往全國與海外，讓屏東農業在全國扮演著舉足輕重的地位。

　　來到淺山地帶的隘寮北溪流域，文化與景觀則是另外一番風貌。台24線是三地門鄉與霧臺鄉主要的聯外道路，串聯的部落共有11

個，依序為：三地、達來、伊拉（谷川）、神山、霧臺、佳暮、大武、吉露，道路終點阿禮部落，而台24線岔出的屏31縣道，則可抵達德文與大社部落。

　　沿途的壯闊山景，魯凱族及排灣族的人文歷史色彩，以及豐富的動植物資源，讓這條道路像是一串別具特色且瑰麗的珍珠項鍊；而每項資源、景色、各部落人文歷史等則彷彿代表各種不同意義的琉璃珠。台24線道路像是串連各個珍珠項鍊的主線，一一連結這些特色資源，這是在其他臺灣山區道路鮮少見過，也是適合推展生態旅遊的熱點。

　　這串珍珠，每顆都有引人入勝的人文故事與生態特色。位於山地與平原交界的三地門村，是台24線進入三地門鄉與霧臺鄉的起點，不但可以眺望整個屏東平原，更是眾多排灣族擅長工藝家製作琉璃珠、陶壺與青銅刀的聚寶地。電影「海角七號」女主角田中千繪送給每位樂團成員帶有期許的琉璃珠，就是排灣族的文化智慧。說三地門村是經典的琉璃之鄉，排灣族的藝術櫥窗，一點也不為過。

　　三地門鄉地處於山地與平原的交界帶，多屬丘陵地形，高度約在海拔100至海拔2,000公尺之間，居民多屬於排灣族人，有少部分魯凱族人居住，近年來被列為熱門的觀光景點，並納入茂林國

鹽埔鄉

長治鄉

屏東市　　24

台24線與沿途原住民部落

大社

屏31

霧臺鄉

三地門鄉

德文

佳暮

大武

神山

吉露

谷川

阿禮

霧臺

三地

達來

內埔鄉

北
2公里

第一章｜瑰寶臺24線，串連「森－川－里－鄰」之路

家公園風景區範圍之內。

在海拔約200多公尺的三地門鄉台地，鄉公所前廣場是鳥瞰屏東平原的最佳據點，除了寬闊的視野讓人心曠神怡，這裡也是排灣族文化的伸展台。被稱為排灣族三寶的陶壺、琉璃珠、青銅刀等意象，不僅呈現在山川琉璃吊橋的設計意象上，也可見於三地門大街小巷裡各個工藝家開設的工作室。

排灣族的陶壺曾經是美國前總統柯林頓受邀訪臺時，邀訪單位致贈給來賓代表臺灣特色的禮品。陶壺在排灣族文化有個美麗的傳說，相傳太陽有一天在遊訪大武山時，在山頂發現一個美麗的陶壺，在陶壺中產下一顆蛋。由於太陽擔心蛋被猛獸吃掉，於是請百步蛇夫婦來守護陶壺，後來蛋孵化

舊好茶
（山的背面）

阿禮村

瑰寶台24線從遠方的屏東平原延伸至中央山脈，串起各個部落。（圖／張大川空拍攝影）

屏東平原

大社村
（山的背面）

霧臺村

神山部落

佳暮村

德文村

霧臺谷川大橋

大武村

吉露部落

成一名女嬰成為排灣族的始祖，百步蛇也成為排灣族的守護神，因此陶壺外觀經常可見百步蛇雕飾。

陶壺分公壺、母壺、陰陽壺，以陰陽壺最尊貴。在排灣族人觀念中，對待陶壺要像人一樣，為祂打扮、掛項鍊。不能用手抓瓶口，因為那是祂的頭，必須用雙手捧起。

琉璃珠也是排灣族流傳的美麗手工藝品，每一顆珠子都有名字，也蘊含一個古老的傳說故事，具有特別的意義。位在屏東三地門的「蜻蜓雅築珠藝工作室」1983年成立，創辦人施秀菊（排灣族語：達魯札倫·日夢日縵）在這三十多年的時間，聚集了三十多位排灣族婦女，透過琉璃媒材的應用，進行一系列教學製作，不但為在地婦女創造就業機會，也將琉璃珠製作工藝透過體驗遊程設計，讓遊客親手燒製專屬自己的琉璃珠，對排灣族文化工藝有更深入的了解。

往山上走到達來部落，則是另一番美景。抬頭仰望藍天，時常可見黑鳶展開翅膀，乘著河谷裡上升的氣流盤旋。優雅的飛行姿態，儼然是風中王者，也是賞鳥者的最愛。遠眺對岸河階台地的舊達來部落，已有著一百多年的歷史。舊部落裡的石板屋、教堂、警察分駐所與牆上漆有精神標語的行政中心，雖然堙沒荒煙蔓草中，卻更發人思古之幽情。這處黑鳶的故鄉，保留了完整的排灣先民遺址與青山為伍。

除了三地門鄉的排灣族工藝文化特色，霧臺鄉美景也是台24線的里山亮點。

霧臺鄉處於海拔高度約1,000公尺左右之山林深處，年平均溫度約17至18℃，境內峰巒疊翠，長年雲霧繚繞，景色迷人。霧臺鄉的居民絕大部分為魯凱族人，具有濃厚的原住民部落的色彩，加上地理環

①陶壺、琉璃珠、青銅刀是排灣三寶。
②琉璃珠製作工藝體驗可燒製專屬個人的作品。
③蜻蜓雅築為在地婦女創造就業機會。

蜻蜓雅築珠藝工作室創辦人施秀菊。

境與外界較為隔離，至今居民仍保有傳統語言、工藝、利用山林等生活方式。

　　每當過年前後，霧臺鄉台24線路段兩旁豔紅的山櫻花（緋寒櫻）綻放時，臺灣最早的櫻花季正式上場，也宣告春季的到來。霧臺鄉各部落四周有許多野生自然的山櫻花生長，公路總局也配合在台24線公路兩旁種櫻花，讓台24線成為名副其實的櫻花公路。

　　櫻花報春後緊接著李花、桃花依序綻放，部落梯田裡的紅藜與小米也排隊接力成熟，黃色、紫紅色、淡綠色的葉色與果穗迎風搖曳，搭配著欣賞霧臺鄉各部落還保留的傳統石板屋、頭目家屋、巴冷公主遺址、獵人古道、賞魚步道等，住民宿並享受魯凱族風味餐，這時候台24線山林像是大地的彩筆，將生物多樣性、文化多樣性與農業多樣性，和諧地交織在地表畫布上。

　　位處台24線最末端的霧臺鄉阿禮部落，則是最靠近中央山脈，海拔最高的魯凱部落。終年雲霧繚繞的阿禮部落，守護著「雙鬼湖野生動物重要棲息環境」，保護區裡不但有著全世界面積最大的臺灣杉族群，也流傳著「巴冷公主」的人蛇相戀淒美傳說。

　　由於與外界較為隔絕，阿禮部落依舊保留著兩百年前建造的魯凱

琉璃珠是排灣族美麗手工藝品。

頭目石板家屋樣貌，也保留著原住民與自然共榮的傳統狩獵文化，再加上有著豐富的動植物生態，一直是生態旅遊的寶地，吸引著國內外的賞鳥人士到訪。

除此之外，伴隨台24線主線耀眼珍珠，透過分岔出來的屏31線連結的其他部落，也有各自的人文與產業特色。德文村種植著香濃純正的臺灣咖啡、大社村是排灣族頭目的發祥地、馬兒村則是牧師的故鄉等等。每個部落，都是山林銀河中獨一無二的珍寶。

隨著台24線霧臺谷川大橋完工,跨越因莫
拉克風災後墊高的河床,居民往返屏東交
通才免於暴雨帶來的溪水暴漲之苦。(圖
／張大川空拍攝影)

走一條共森到創生之路

春季的台24線，溫柔婉約。然而來到夏、秋的颱風與西南氣流好發季節，連日暴雨卻也容易讓地質脆弱的台24線公路坍方受損，不僅行路人得注意落石，一旦路基受損嚴重，山區部落居民往來屏東平原不僅得繞路而行，行車時間倍增，公路總局工程隊與在地居民也時常得冒著生命危險清理路面，或是豎起警告標示提醒用路安全。

台24線的土地脈動，伴隨著氣候變化，時而晴朗嬌媚，時而狂風暴雨，雖然反覆無常，年復一年，卻也培養出這瑰寶之路上「森－川－里－鄰」居民順天應地，團結合作守護家園以因應環境挑戰的韌性能力。

然而，2009年8月8日的莫拉克風災降下的兩千多毫米豪雨，像是一隻從天而降的怪手，硬是把台24線這條串起各個部落的里山項鍊扯斷，讓珍珠散落。台24線公路柔腸寸斷，部落受創慘重，山林也像是被滾水燙過般的皮開肉綻，裸露出大規模崩塌地，令人觸目驚心。

第一章│瑰寶臺24線，串連「森－川－里－鄰」之路

創紀錄的莫拉克，
讓山明水秀淪為窮山惡水

雲端上的老家，

Adiri，

風雨飄搖的季節，

百合花在山之巔在崖之壁，

或含苞或綻放，

仍堅強地迎著風迎著雨搖曳…

八八水災，

山河嗚咽，

風林颯颯，

揹起了行囊，

搭上了救難直升機，

橫越千瘡百孔的山嶺群峰，

落腳在大愛百合部落園區，

族人的心跳，

部落的呼吸，

仍是血脈相連，

遠離了原鄉的大地母親，

拖著臍帶的嬰兒呱呱墜地，

仰躺於永久屋的搖籃，

橫豎之間就是一千多個日子，

但回家的路依然遙遠，

是風是雨阻斷了回家的路嗎？…

這是霧臺鄉阿禮部落當家大頭目、魯凱民族議會主席包基成所創作的詩篇《雲端上的家》部分內容，述說當時莫拉克風災如何重創山林，也讓原鄉族人驚慌失措地被迫離開祖居部落。

即使創作當時，距離莫拉克颱風引起的八八水災已事過境遷三年，山林受到的創傷尚未平復，台24線公路也柔腸寸斷，被迫移居屏東平原長治鄉百合園區的部落族人，心靈仍掛記著山林裡的家，希望有朝一日能再重返。

八八水災起因於莫拉克颱風侵襲帶來創紀錄的雨勢，造成中南部發生水患及土石流，為臺灣自八七水災以來最嚴重的水患，並引發山區公路多處崩塌、眾多橋梁沖毀，佳冬、林邊鄉，屏東、臺東、高雄、臺南等地區大淹水，許多原鄉部落地層滑動、崩塌，另外導致高雄縣甲仙鄉小林村滅村，數百人遭到活埋，對臺灣南部產生重大傷害。

「從沒有一次颱風可以把全鄉的道路、橋梁全都打斷。」時任屏東縣政府原民處長曾智勇2009年8月14日接受聯合報記者翁禎霞訪問時表示，這次莫拉克颱風的破壞力前所未見，霧臺鄉道路柔腸寸斷；

第二章｜創紀錄的莫拉克，讓山明水秀淪為窮山惡水

三地門鄉通往德文、大社的道路滿目瘡痍，估計重建時間至少需兩年。

台24線受莫拉克颱風影響，從28公里處以後直到最偏遠的阿禮部落，不到20公里的路段有超過10處坍方，搶修人員幾乎是與老天搶時間要全力搶通，但即使怪手、推土機及砂石車來回穿梭，部分路段由於山壁崩塌的面積太大，頂多只能勉強清出小徑供行人與摩托車經過。若再遭遇連續大雨，山壁仍可能有落石造成道路崩塌的危險。

台24線沿途部落也災情慘重，暴雨一夕之間讓珍珠黯然失色。霧臺鄉的阿禮、吉露、谷川、佳暮、大武及三地門鄉的德文、大社等部落均遭土石流波及，還有地層滑動現象，許多部落毀損情形嚴重。

災害過後，三地門鄉的大社村面臨遷村，德文村和達來村也有部分地區安全堪虞；上方的霧臺鄉更是嚴重，包括阿禮部落在內，全鄉六個村有五個村面臨遷村的命運。住家岌岌可危的災民，暫時先分別被安置在屏東的龍泉營區與榮民之家，等待慈濟在中央廣播電台長治分台基地興建的永久屋完工入住。

住在達來村的三地門部落青年自救會成員陳美蘭記得八八當天，原本風光明媚的台24線一夕之間變成性格暴戾野溪，猛烈地灌進部落，難以想像地竟讓山上的房屋淹水。部落的人見苗頭不對，趕緊往外撤離。八八過後，達來村部分區域地滑嚴重，不但道路被沖斷，有的居民房子被土石掩埋，無家可歸。

守護大小鬼湖生態瑰寶的霧臺鄉阿禮部落，因為下部落地質脆弱，受損情形用「天崩地裂」也不足以形容，而上部落則因魯凱祖先善用順應山林的智慧而居，所以受損較為輕微。雖然如此，由於阿禮

①災後大武部落小山巷全景。
②台24線大規模崩塌處，人顯得渺小。

第二章｜創紀錄的莫拉克，讓山明水秀淪為窮山惡水

部落對外交通中斷，部落居民也被迫暫時到平地的長治百合部落園區居住。

通往大武部落的山路崩坍，吊橋斷裂，年輕人如果要回家，只能從峭壁上滑溜而下，再溯溪而過。河床上滿布淤積的砂石、沖刷而下的斷枝殘木以及殘礫碎瓦。整個部落宛若死城，臭氣熏天，堆滿了家畜的屍體。面對這樣悽慘的景況，部落族人互擁痛哭，卻更加堅定了想要回家的心。

當時擔任大武村長的彭玉花歷經重重險阻想要返鄉，因為山區下起大雨，流籠斷裂，一家人無法渡河。她說，看到家鄉就在對岸，卻因湍急的溪流無法歸去，讓她深刻的體會到了椎心刺骨的失根之痛。

災後原鄉有些經評定為安全的部落，可以原地繼續經營，至於被評定為不安全的部落，或是已劃入特定區域的部落，仍然有許多居民基於個人價值觀、土地情感、文化傳承或是返鄉扎根產業等因素而選擇留居原鄉。即使遷居永久屋，仍有許多族人希望回到原鄉繼續耕種或生活，社會仍需面對災後原鄉部落該如何永續發展的問題。

尤其極端氣候的出現頻率越來越高的情況下，如何調適？如何與環境共存？建構對環境威脅更有耐受力的韌性社區，更需要各界集思廣益的輔導與陪伴，讓部落永續發展。

←台24線大規模崩塌處，人顯得渺小。

①災後屏科大團隊以溪底便道進入大武部落。
②雲端上的阿禮部落。

走一條共森到創生之路

災後，儘管永久屋的興建與災區的重建紛紛擾擾，卻都澆息不了原鄉子民身體中流著山林基因的血液沸騰，因為排灣族或是魯凱族的子民，其生活智慧與文化傳承都與山林間的花草蟲鳥脫離不了。無論災民選擇回鄉重建，或是要遷居山下的永久屋，他們永遠忘懷不了山林部落裡，那處鳥語花香、空氣清新，帶著族群文化根源，開啟個人生命傳承的家屋。

有鑑於極端氣候帶來的災害越來越猛烈，受害最深的卻經常是山林裡的原鄉子民，透過農委會林務局的經費支持與屏東科技大學森林系社區林業研究室成員（簡稱「屏科大社區林業團隊」）的奔走，一個結合在地部落居民、林務局屏東林區管理處（簡稱「屏東林管處」）、屏東縣政府、三地門鄉與霧臺鄉公所的生態與文化復振行動，正沿著台24線默默展開。

他們要用里山倡議為精神，透過社區林業進行生態監測、生態復育與生態旅遊為基礎，發展林下經濟、循環農業與混農林業等，建構「里山根經濟」模式，幫助莫拉克風災受創的原鄉重新站起，讓山林恢復青綠生機，讓原民文化永久傳承，讓部落生活永續共榮。

莫拉克過後，重建工作千頭萬緒，但重點似乎都放在遷村與蓋永久屋等硬體建設上，忽略原住民的文化傳承與生活就業更必須及早展開規劃。原住民文化和生活都與山林相關，彼此間相互依存。原鄉子民脫離了山林，許多傳統知識與生活智慧將會流失；山林沒有原鄉子民守護，山老鼠將如入無人之境而受到破壞。

以魯凱族為主體的霧臺鄉阿禮及大武部落為例，仍保存較為完整的傳統文化，自然資源豐富、人文薈萃，也是與國家森林及保護區關

係緊密的部落。莫拉克災後，兩個部落各自面對不同的問題。阿禮部落多數人生活重心因為遷居於長治百合部落園區，回到原鄉部落需要一個多小時的路程，以致居民雖然心繫原鄉卻心有餘而力不足，推動重建時人力缺乏、速度緩慢。

大武部落雖未遷村，莫拉克風災打亂原本平靜安寧的生活步調，重建期間多次的撤離安置，道路狀況直到2014年8月後才趨於穩定，原鄉重建工作才使得上力。

為了保留文化傳承及山林守護的種子，維繫山村部落之永續發展，莫拉克災後屏科大社區林業團隊透過林務局計畫支持，協助阿禮部落族人從社區參與監測，展開原鄉部落災後重建。另一個原鄉重建的大武部落，則是以部落六級化生產為策略，進行文化保存及生態產業發展。

災後十年來，研究團隊持續陪伴部落，並接軌國際思潮，引入協同經營、里山倡議的觀念，透過行動研究具體實踐，為臺灣的里山發展增添原鄉部落可貴的經驗，也有助於林務機關與原鄉部落推動社區林業、山林共管的落實。

→莫拉克風災讓部落重新省思大自然與人類的關係

走一條共森到創生之路

第二章｜創紀錄的莫拉克，讓山明水秀淪為窮山惡水

位於屏東平原的長治百合部落園區透過台24線與原鄉山林維持著母子臍帶關係。（圖／張大川空拍攝影）

第三章

打造山林原鄉與長治百合園區的臍帶關係

母親的血，

土地的淚，

祖先的靈，

召喚我們回家吧！回家吧！

縱是山上的路難行，

山林的聲息仍在喘，

耕地已成荒煙蔓草，

茫然的未來，

不確定的年代，

我們更要堅挺地踏上歸鄉的旅程，

因為母親的大地不忍背離呀！

因為香格里拉的秘境要開通呀！

因為西魯凱最後的古老部落在那兒呀！

「原鄉不棄，文化不滅，魯凱永續，打造母子臍帶相連的生命共同體，」阿禮部落大頭目部落包基成在詩作《雲端上的家》寫出災後移居平地族人的內心吶喊，也提出他對阿禮部落災後重建發展生態旅

阿禮部落大頭目包基成。

遊的期許。

　　阿禮部落是台24線上最早發展生態旅遊的部落。早在莫拉克風災發生的前一年，阿禮部落即與屏科大社區林業團隊合作，規劃生態旅遊的行程，而包基成則是阿禮部落參與生態旅遊的核心人物之一，因為他不但是阿禮部落第六代的大頭目，扮演部落大家長的角色，他還

維護著家鄉具有一百八十年歷史的頭目家屋，一座傳述魯凱族傳說與文化的石板屋。

頭目家屋位在上部落，至今還保存著大量的珍貴文物，從裝飾華麗的禮刀、歷史久遠的帽飾、陶壺、獵得的獸骨等，幾乎每樣都是有著深遠故事的文化資產。因此要認識魯凱，不可不到阿禮；要深入阿禮，不可不知包基成。說他是阿禮部落的活教材，一點也不為過。

包基成退休前在屏東縣平地的國中擔任行政教職，具有中文與經營管理雙碩士學位，不但是典型的原住民知識份子，身為魯凱族的大頭目，他對於原住民部落的營造發展與產業經營更有深入的想法，尤其他觀察極端氣候變遷加重自然災害的劇烈化，使阿禮部落越來越逼近消失的危機，這些危機包括「生命的威脅、生態的浩劫、生產的困頓、生活的困境、文化的斷層」。

因此包基成除了平日的教職工作外，幾乎都把心力投入到部落環境的營造與魯凱族文化的傳承，與屏科大社區林業團隊合作規劃生態旅遊，就成為他具體實踐的方法之一。

「每當我穿著魯凱傳統服飾在頭目家屋向孩子們講解傳統魯凱傳說，介紹巴冷公主與百步蛇王相戀的故事；帶到山林裡介紹魯凱獵人出發打獵前如何觀察自然現象，或是彈著吉他展現魯凱族人的好歌喉，看著孩子們專注的眼神，就油然而生一股傳承文化的使命感，」包基成說，阿禮部落因為地處偏遠，所以很多人都遷到外地去，但是下一代回鄉參加生態旅遊活動聽完他講阿禮的故事後，即便過了十多年，依然記得一清二楚，認同自己的家鄉。

走一條共森到創生之路

平地永久屋是部落族人的中繼屋

但2009年8月8日莫拉克風災，阿禮部落的下部落因為地滑受到重創而不適宜居住，上部落因為位於岩盤上，大部分完好，只有少數幾戶受損。因此阿禮部落被政府劃定為安全堪慮的特定區，居民被遷入位於平地的屏東長治百合部落園區永久屋。

然而入住平地永久屋，遠離了被迫躲避颱風與洪水的日子，卻也同時遠離了賴以維生的山林與魯凱文化的根源。因此上部落的部分居民希望在氣候穩定的期間繼續留在部落推動生態旅遊，為同胞守護魯凱文化的根。

「平地永久屋對我們來說其實是『中繼屋』，原鄉才是永久的根，」包基成一邊解釋，一邊提出他對部落災後重建的想法。他提出了「重整復育圈」與「中繼生活圈」的概念，也就是將原鄉傳統領域部落的重建設定為「重整復育圈」，位於長治鄉的百合部落園區則設定為「中繼生活圈」，台24線則是聯繫這兩個母子部落的臍帶。

他說，「重整復育圈」中規劃「自然生態復育區」、「傳統產業復振區」及「文化資產保護區」；「中繼生活圈」則作為「重整復育圈」部落推動生態旅遊與文化產品包裝、展示與對外連繫的窗口。當颱風汛期（6到10月）來臨時，「中繼生活圈」提供「重整復育圈」避難照護的功能；平常時期（11到隔年5月）時，「重整復育圈」的居民幫助族人看管土地家園，守護國有林班地與執行生態復育、監測與旅遊。

與包基成有類似看法的人也包括上部落居民包泰德、古秀慧夫

長治百合部落建設的情形（右為陳美惠教授）。

婦。三十多年前，來自新竹的古秀慧到阿禮部落遊玩，愛上這裡並結識了另一半包泰德，從一開始只是普通朋友，後來決定「為愛隱居山林」，和包泰德在山區種果樹、愛玉，並親手一磚一瓦興建接待家庭。接待家庭雖小，只有兩間房間，但開門就看到山、看到雲，讓尋幽訪勝的遊客驚艷不已，甚至有日本與歐洲賞鳥客拜訪後回國，依然來信表示忘不了阿禮的美景山林。

即使莫拉克風災造成阿禮部落聯外交通中斷，過了颱風季節後，不習慣平地生活的包泰德夫婦選擇回到部落。由於他們的房子位於上部落，受損輕微，除了電力供應必須自備發電機，生活都非常簡單。

「背負著傳承魯凱文化的使命，眾人對恢復阿禮山林的美好期待，我們不能放棄屬於自己的原鄉，」在山上監測環境的古秀慧說出自己對阿禮災後重建的使命。

莫拉克風災過後，位處三地門鄉行政中心的三地門村雖然未受到災害，但是台24線三地門鄉路段沿線的大社村、德文村和達來村均有受損，再加上霧臺鄉災情慘重，整條台24線的觀光旅遊變得蕭條。

打造台24線命運共同體

台24線沿線的原鄉部落是命運共同體，無論生活或創作，都離不開世居的山林，如果強制遷居平地，臺灣用來引以為傲的原住民文化與藝術將面臨流失的危機。極端氣候引發的災變也讓我們省思不要再為了一味發展觀光而過度開發建設。因此，發展對環境不會造成負擔的生態旅遊，可說是兼顧山林保育與原民生計的災後重建良方。

以屏東縣三地門鄉和霧臺鄉為例，兩個原鄉同樣位在茂林國家風景區內，要上霧臺參觀「雲霧山林」及魯凱族文化就必須經過三地門鄉，而三地門又是排灣族琉璃珠文化的大本營，因此有必要串連台24線的景點，為災後的排灣族和魯凱族尋找永續發展的出路。當部落確立永續發展的共識，三地門鄉的三地門村與達來村開始打造成為遊客體驗生態旅遊的入口。

三地門村雖然未在莫拉克風災中受損，但在地的藝術家與年輕人體認到一連串天災地變不只對部落居民帶來生命財產的損失，更帶來產業生計與原民文化滅絕的危機，因此以屏東縣地磨兒文化產業藝術協會成員為主體的幾個年輕人組成部落青年自救會，在災後也積極投入部落生態旅遊的規劃，串連三地門的工藝特色、達來部落的石板屋與德文村的咖啡、紅藜，帶遊客深度體驗排灣族文化之美。

　　地磨兒是排灣族語對於三地門的發音，地磨兒文化產業藝術協會則是由各部落工作室藝術家所組成，希望協助部落的產業發展。在莫拉克風災發生之際，部落青年有感於必須利用新科技讓外界瞭解部落的災情，遂組織自救會透過網路發送訊息，爭取外界救援物資的協助。在後續的重建工作中，自救會青年更希望積極投入生態旅遊的解說導覽，協助部落復育環境，走出蕭條。

　　臨近三地門村的達來村則是被選為推動三地門鄉生態旅遊的熱點，因為達來村的舊部落迄今仍然保持著完整的石板屋聚落，加上並未受到過度開發，很適合喜歡體驗大自然的遊客在青山環繞下欣賞豐富的動植物生態。

　　在霧臺鄉，阿禮部落自2008年、大武部落自2011年開始與屏科大社區林業團隊合作推動生態旅遊，在多年且持續的合作經驗中，都建立相當的互信與默契。

　　由於台24線許多部落受到莫拉克風災重創，阿禮部落的災後再起是激勵人心的故事，使得以環境永續為方向，形成原鄉部落發展的新思維，並在台24線沿線部落萌芽茁壯。

走一條共森到創生之路

以生態旅遊復振部落文化與生活

2009年10月開始，屏科大社區林業團隊在台24線的三地門鄉達來、德文部落進行動植物、人文歷史及神話故事等資源調查，2010年起協助達來及德文部落族人參與勞動部培力就業方案，展開生態旅遊解說人員的教育訓練，並在達來與德文部落的社區內部進行溝通、規劃達來舊部落及達瓦達旺教堂遊程、德文獵人步道與咖啡體驗遊程、設置接待家庭與部落廚房，發展達來與德文部落的半日遊、一日遊及二日遊的套裝行程。

除了建立生態旅遊服務體系，環境景觀的恢復也是災後重點工作，團隊自2011年引進民間重建資源，協助台24線阿禮、大武、德文、達來部落推動綠美化、生物棲地營造與活化閒置空間，希望有助於災後環境的恢復。為了增加部落的韌性與復原力，引進太陽能自主發電系統，維持部落基本的電力需求。另外，除了修復阿禮部落的Sasadra古道，也在達來及大武部落陸續辦理古道工作假期，結合步道施作及生態旅遊，招募志工與部落族人一同用手作工法修復古道。

2014年屏科大社區林業團隊承接屏東林管處委託計畫「台24線原鄉部落災後生態旅遊聯合營造暨保育諮詢及狩獵文化調查計畫」，進駐輔導三地門達來部落、霧臺鄉阿禮與大武部落。第二年除了延續第一年達來、大武與阿禮部落三個部落外，再納入第四個部落德文部落。

阿禮及大武部落用行動實踐建立原鄉部落參與保護區監測的技術體系，並善用傳統生態知識發展六級化產業。透過社區參與監測，保

育自然及人文資源累積里山資本，進而對於傳統知識的調查、挖掘及運用，結合跨域專業串起部落的產業鏈，包含前端的生產、加工，後端的行銷販售，發展部落的里山經濟。

災後重建，除了重視傳統生態智慧的保存，更鼓勵社區將傳統知識與現代科技融合，以及學習當代自然資源管理方法（生態調查、監測），確保資源使用的永續性。而這些知識與技術不只可以照護部落內部的環境，也可以擴及、運用到部落周圍的國有林地，回饋到森林資源協同經營的實務工作上。

用里山倡議深化社區林業

除了運用社區林業與生態旅遊做為台24線原鄉部落的災後復振策略，近年來「里山倡議」的導引與推動，更為推動原住民山村經濟復振與永續發展，找到新的地方創生策略。

里山倡議的概念自2010年底引進臺灣後，臺灣各地符合里山倡議精神、從事農村生產地景活用的案例也愈來愈多，政府機關也在近年的政策研究與實務計畫上積極回應里山倡議，例如林務局與大專院校及相關民間團體合作，協助數個社區推動水梯田濕地生態復育、社區林業與相關計畫。

文化部的文化資產保存法在 2005 年修正後，增訂「文化景觀」新項目，類別包括「農林漁牧景觀」，所登錄的地景與里山倡議的精神不謀而合；內政部營建署各國家公園管理處也與社區、民間團體合作，重建水梯田農業景觀及友善環境耕作；其他學術團體、農業試驗

①台24線排灣族與魯凱族交流生態旅遊的經驗。
②阿禮部落雖然搬遷至平地，但包泰德仍守護雲端上的家園。

及推廣單位、民間組織也以各種不同形式與社區合作，推動兼顧生態保育的農、漁、牧產業。

以林務局推動的「貢寮水梯田保育計畫」為例，水梯田生態系介於森林生態系與溪流生態系中的緩衝位置，不同棲地組成的鑲嵌地景孕育多樣化的生物物種。然而由於農村人口的老化與外移，使水梯田環境逐漸消失。對照於其他保育政策以自然地景和棲地為主，里山倡議正好為水梯田這類的人造地景提供適切的保育論述及操作策略，協助保存多樣化的生態系服務及價值。

在林務局計畫支持下，人禾環境倫理基金會透過生態資源調查、監測並與在地農戶合作，從傳統農耕智慧中汲取保育元素，鼓勵農戶進行環境友善農耕，並與合作農戶成立「和禾生產班」。

由於生產班的農人進行農作時，承諾會維護生物多樣性、水資源等環境服務，並生產對人和環境都健康的米糧，因此消費者會支付其一筆「生態系服務給付」。這項意義在於形成一個合作組織，由環境服務的使用者透過公部門的代理付費，穩定支持生產班的運作及其對環境的維護。

人禾環境倫理基金會也藉由環境教育的推動，讓大眾瞭解水梯田環境及文化的價值。透過土地管理人、公部門、消費者及其他權益關係人的連結，讓大眾更瞭解水梯田環境及文化的價值。這樣新型態的參與及合作模式，有助於維持土地的多元利用。

其他臺灣的里山案例包括花蓮豐南社區與東華大學及其他政府單位合作，進行社區梯田復耕及青少年解說員培育；花蓮豐濱鄉港口部落的觀光產業發展協會從事濕地復育及地景藝術創作。

然而臺灣對於里山倡議的理解，大多聚焦於農村再生、水梯田復耕及濕地復育等場域，鮮少被運用於探討部落、社區與森林資源之間的互動，也鮮少進一步思考里山倡議與協同經營之間整合的可能性。

事實上，臺灣許多原住民族部落社區與當地山林生態體系長期互動而有其自成一格的里山模式，也就是部落與當地山林生態體系長期互動而產生的傳統知識、資源使用方式及文化傳統。因此，里山倡議的精神應該被融合到政府與部落共管國有林地資源的架構中。

因地制宜發展生態旅遊

早在屏東北部台24線的阿禮部落進行生態旅遊的規劃前，屏東南部的恆春半島墾丁國家公園即推動生態旅遊改善與當地社區關係，成果豐碩。因此以山林管理為主的林務局若能夠透過生態旅遊建立示範，讓林務局跟部落間更能深化社區林業發展，即可證明內政部國家公園與農委會林務局兩個自然資源管理系統，都能與在地居民朝向協同經營社區林業，建立夥伴關係。

對林務局來說，生態旅遊是推動社區林業很好的策略，因為社區對內不僅可以培力居民對自己的環境與文化資源更加重視，社區對外若要推出有特色的遊程服務，必須展現內涵、特色與深度，並透過一系列的環境教育砥礪在地人提供更好的服務給遊客。因此無論推動社區林業或是里山倡議，生態旅遊的重要性依然非常高。

但社區林業實踐里山倡議的模式，仍需因地制宜。在墾丁，因為整體旅遊產業發展條件較為齊全，推動生態旅遊較容易，可是來到台24線

①阿禮部落小米祭部落族人獻貢進場。
②阿禮部落小米祭孩童身穿傳統服飾。

的莫拉克重災區，環境脆弱又容易有落石，交通便利性不若墾丁，也不像墾丁到處都有民宿與飯店。所以重振台24線的經濟，絕對不能只靠旅遊，更何況其環境並無法負載大眾觀光帶進的車潮與人潮。

有鑑於擔心部落生計過於依賴觀光而失控，不僅容易造成對環境的衝擊，也可能使質樸的山村生活變質，從「里山倡議」的精神出發，重新思考在部落發展林下經濟與循環農業等第一、二級產業，便成為解方之一。

里山倡議的願景，強調人類社會能夠跟自然生態和諧共存，而這本來就是原住民文化的內涵，因此將里山倡議的精神引入社區林業，在保護森林生態系為出發點發展混農林業、林下經濟與循環農業，既可保全里山環境資本，也可以維繫部落生計以及原鄉文化傳統智慧的傳承。

因此在台24線，一種結合里山倡議與社區林業的「里山根經濟」正在成形，透過生態旅遊、林下經濟、循環農業等綜合運用策略，協助原鄉山村打造兼顧生活、生態與生產的六級化產業，最終朝向公私協力共管山林的協同經營模式，達到部落自主。

母子臍帶相連之生命共同體

阿禮部落大頭目包基成也提到，霧臺鄉傳統領域是西魯凱族人的母親，受到莫拉克風災的影響，六村八個部落當中，除了神山、霧臺與大武部落留在原地繼續發展，其餘五個部落當中，好茶村重建於禮納里部落（瑪家農場），阿禮、谷川、佳暮、吉露等四個魯凱部落遷居長治百合部落園區，園區另外也有來自三地門鄉排灣族的達來、德

①阿禮部落小米祭部落長老宣告祭典開始。
②阿禮部落小米祭的感恩小米露。

走一條共森到創生之路

文部落。對西魯凱族人來說，無論居於何處，各部落與霧臺鄉從祖先傳承下來的土地仍為「母子臍帶相連之生命共同體」。

包基成提出「三生一體的重整復育」構想，也就是將原鄉部落設定為「重整復育圈」，規劃為「自然生態復育區」、「文化資產保護區」、「傳統產業復振區」。在自然生態復育區，配合林務局與部落居民共管機制，規劃以工代賑再造「山林守護天使」的就業新方案，擬定「治山、防洪、造林、疏濬等國土保育方案」，解決當地居民生活安置就業與原鄉部落自然生態復育的兩大問題。

在文化資本保護區則兼顧原民生活與文化，由文化部與原住民族委員會調查原鄉部落還有哪些千百年的古蹟古物，寬列預算派駐專業人員或居住地保管（擁有）者，妥善維護與保存，結合自然生態深度的旅遊網絡。

在傳統產業復振區則重振部落傳統農業，諸如：小米、甘藷、芋頭、紅藜、紅肉李、愛玉子、龍鬚菜（佛手瓜）、咖啡等作物，該生產區地質安全者以生態工法與友善栽培持續經營維護，不大面積濫墾、濫伐，若地質列為不安全者則嚴禁復耕或栽植。

包基成指出，莫拉克風災後，位於山林原鄉部落的「重整復育圈」一如重症病患，像是亟待療傷止痛的母親，而位於長治百合部落園區的「中繼生活圈」則如初成胚胎，更是需要哺育滋養的嬰兒，母子之間的臍帶聯絡網就是台24線公路及其支線，如何維持「重整復育圈」與「中繼生活圈」的母子關係，台24線的暢通就顯得重要。

瑰寶台24線，里山根經濟，從共管森林到共享生活的地方創生行動，即將展開。

里山根經濟

養蜂、飼雞、栽培山當歸、種
植蕈類……林下經濟如何走一
條從共森到創生之路？

第四章

里山根經濟，建構國土生態綠網的後盾

　　如果說2009年莫拉克颱風一夕間毀天滅地重創青鬱河山，促使已故知名紀錄片導演齊柏林拍攝《看見臺灣》呼籲大眾關心脆弱的環境，那麼2017年發表的生態紀錄片《保島》，則進一步告訴大眾：保育不是少數人、也不只是林務局的事，而是生活在這座島嶼人們的共同責任。

　　《保島》導演詹家龍將臺灣比擬成一個人，將不同類型的生態環境，例如中央山脈、森林植被、河流與濕地等，譬喻成島嶼的脊椎、島嶼的肌膚、島嶼的動脈、島嶼的肝腎等器官。為維護器官健康，林務局雖然以打通任督二脈的方式，沿著中央山脈劃設各個保護留區構成保育廊道，但島嶼健康還是取決於每一個小小的細胞，也就是我們人類的參與。

　　「與其說這是第一部講臺灣所有保護區的影片，不如說這是林務局第一次嘗試邀請社會大眾共同來參與保育的任務，因為這些保護區必然會受到人類的影響，人類的作為決定了保護留區的命運，」詹家龍如此詮釋生活在寶島的每一個人守護這塊土地的重要性。

　　《保島》的主角—臺灣，以中央山脈縱貫南北，東西兩側僅相距約143公里，縱向骨幹從海拔將近4千公尺的高山，向東西兩側遞降為

淺山丘陵、平原和海岸，河溪系統貫串其中。由於地勢、地形豐富多變，構成物種多元的生態系統並衍伸出各具特色的聚落生活，交織出「森、川、里、海」豐富的寶島內涵。

雖然地球暖化造成的極端氣候，讓莫拉克以創紀錄的降雨強度與累積雨量襲擊寶島，如同滾燙熱水澆淋在島嶼肌膚造成傷痕與細胞壞死，但林務局於2018年5月14日提出的「國土生態保育綠色網絡建置計畫（2018-2021年）」（以下簡稱「國土生態綠網計畫」），即是以國有林事業區為軸帶，希望逐步建置東西向河川藍帶與生態綠帶等生態廊道，連結山脈至海岸。

建構國土生物安全網，就好比展開「保島」手術，為島嶼壞死的皮膚進行清創與植皮。里山根經濟，則像是為手術病人注入營養，活化細胞，維繫「寶島」的健康與活力。

國土生態綠網，建構韌性「保島」

林務局局長林華慶表示，以中央脊梁山脈為骨幹的國有林事業區，佔全台陸域面積約42.5%，庇護廣達153.3萬公頃的森林生態系。其中各類型法定自然保護區域構成的中央山脈保育軸佔全台陸域面積19.2%，保育著多元的森林物種棲地，也達到涵養水土與維護生物多樣性的成效。

但在中央山脈保育軸之外的淺山、平原、縱谷、海岸地區，因為人類活動開發，遍布著都會化城市、農牧區、魚塭等，是人為開發、擾動最頻繁的地帶，許多棲息淺（里）山珍稀物種，例如石虎、草

鴉、池沼魚類等，因棲地日漸零碎化，恐面臨族群隔離、食物短缺等危機，不利族群存續。

因此國土生態綠網計畫的核心工作，首先要盤點及界定出保育的核心物種與熱點，再推動生態熱點區域的縫補與串連工作，包括以友善生產及生態造林串連農田、魚塭、地層下陷區、海岸等珍貴物種棲地；建置並強化交通道路的友善生態通道；以綠帶整合縫補與連結山脈、河溪、平原、海岸間的棲地，形成生態廊道，不但可提供野生動植物種生存環境，也可做為周邊居民發展友善環境耕作農業的後盾。

在國土生態綠網的建置過程中，若有農業生產或聚落，將持續透過與民眾的互動及社區參與，從中找出里山策略，讓生產和生態相容，滿足生計需求，也讓更多人體認生物多樣性與建置國土生態保育綠色網絡的效益，以促進生態的永續發展。這需要產官學研的攜手努力，達成森川里海的保育串連，實現周邊社區部落的里山精神。

如果說「農為國本」是維持人類生存的重要憑藉，那麼國土生態綠網就是「林為農本」的具體展現。里山根經濟則是「治本於林」的務實策略，為寶島面對極端氣候，建構生存韌性。

所謂「里山根經濟」是以「里山倡議」為核心價值，透過社區林業、生態旅遊、林下經濟、產業六級化與協同經營等策略，走一條從「共森到創生」的經濟模式，以實現人類與自然和諧共生的願景。這與國土生態綠網計畫強調以輔導與鼓勵，引導居民改採友善環境的耕作或生產模式，保全野生物的棲息地，恢復農田生態系服務的功能，提升農業生物多樣性，實現農業生產與環境永續的目標，不謀而合。

「里山（Satoyama）」一詞源自於日文，並不是指特定

的地名，而是泛指環繞在村落（日文稱為Sato）與周圍的郊山（Yama），是由社區、山林、農田鑲嵌而成的人為地景，代表人與自然長期互動而發展的共生關係。居住在里山環境的居民，與山林互動而累積的在地知識與資源利用方式，不但支持在地居民的生活、生計，孕育當地的傳統與文化，也維持地方的生態系統及生物多樣性。

2010年於日本名古屋舉辦的聯合國第十屆生物多樣性公約大會中，日本環境廳與聯合國大學永續發展高等研究所成立「里山倡議國際夥伴關係網絡」（The International Partnership for the Satoyama Initiative, IPSI），就提倡以永續性的人與自然關係，制定全球性的行動方針，以促進地方生活、生態與生產三者的動態均衡發展。

為維持、重建里山地景及永續性的自然資源利用方式，IPSI提出三摺法（A Three-fold Approach）作為其策略架構：一、集中所有能確保多樣化生態系服務及價值的智慧，因為相關智慧攸關全人類的福祉；二、將傳統生態知識與現代科學加以整合，促進自然資源利用與管理體系的創新，以適應現代社會的需求；三、探索新型的協同經營體系或演變中的「公共財」架構，同時尊重在地傳統的集體土地權。這意味著在地社區、地方政府、民間團體甚至都市居民都有機會共同合作，發展自然資源管理的夥伴關係。

里山倡議的落實，包含六個生態、社會與經濟的行動面向：第一、在環境承載量限度以內利用自然資源；第二、強調自然資源的循環利用；第三、認可在地傳統與文化的重要性；第四、促成各方權益關係人的參與及合作；第五是鼓勵對於永續性社會及經濟的相關貢

獻；第六是增進在地社區的回復力及韌性（Resilience）。透過這六個行動面向，達到重新連結人與自然的關係，維護生物多樣性，並與在地居民福祉共存。

里山地景並非日本特有，在各國皆有相對應的環境以其獨特方式

里山倡議願景
人類社會與自然和諧共處

里山倡議三個方法

確保多樣化的
生態系服務與價值

整合傳統知識與現代科技

尋求新型態的
協同經營體系

資源使用在
環境承載量
限度內

循環利用
自然資源

里山倡議六個行動面向

增進社區回
復力及韌性

鼓勵永續社
會及經濟的
相關貢獻

認可在地傳
統及文化的
重要性

促進各方權
益關係人的
參與及合作

走一條共森到創生之路

存在。如何在快速的社會及經濟變遷下，讓山村與生態能永續發展，世界許多國家都期望找出因地制宜的策略。

對臺灣來說，由於淺山與平原土地多屬私有土地，依法劃設保護區的可行性很低，因此林務局汲取國際發展「里山倡議」的經驗與精神，希望能補足過去在協同經營討論上較少觸及的原民部落生活、生計面向，透過尋求生物多樣性與資源永續利用之間的平衡，促使官方和部落建立共同的願景與目標，而這也是達成人與自然和諧共生的另一嶄新途徑。

林華慶說明，中央山脈脊梁的保護區只庇護到中、高海拔，並未涵蓋淺山與平原地區，但很多珍稀物種棲息在農田生態系環境，包括平地、農作區域、畜牧、水產養殖區等，絕大多數是私有地，民眾不可能接受政府劃設保護區，甚至更不可能用《國土計畫法》框定為保育區。但如果能用里山方式促進這些農地朝向友善環境生產，讓生物可以有棲息空間，「實質上的保護區」就擴大了。

與部落公私協力，擴大生態經營效益

友善農業若能搭配國土生態綠網計畫，除可提升農田環境的生物多樣性，更可鼓勵綠色產業與地方特色產業的崛起，協助串連小農、綠色產業、社會企業與地方產業網絡，並進一步發展在地農事工作假期的特色遊程，讓遊客除參與農事體驗，也可搭配食宿、交通、環境教育等活動，扶植在地產業茁壯。

不過，綜觀臺灣95處以自然保育為主要目的所設立的保護區，不

論是國家公園、野生動物保護區、自然保留區等，皆面臨社會經濟因素、風土民情與生態地理環境的不同，使得以中央集權管理的方式未能達成理想的效益。尤其，林務局負責臺灣大部分國有林地的經營管理，過去為落實保育，基於職責而加強查緝非法盜採盜伐，常與鄰近社區造成衝突，造成與居民間的對立。長時間下來，居民對於自然資源管理漠不關心，也對保育主管機關產生嚴重的疏離感。

但隨著2005年原住民族基本法通過後，林務局嘗試透過各林區管理處與國有林地周邊原住民族部落建立資源共管委員會，作為部落與政府之間溝通協調平台。2016年林務局計畫開放原住民族採取傳統領域土地森林產物，以申請與核發許可證的方式，在傳統領域的國有林產物採集、狩獵等，進入實質的資源共管。如果能讓保護區經營管理策略與周遭的部落社區發展目標互相配合，將能減少開發壓力、管理機關專業人力不足、法令周延性及彈性不足、居民與主管機關產生衝突等問題。

臺灣過去關於里山倡議的討論，較少觸及如何處理原住民族和政府之間因山林利用管理所引發的長期緊張關係，而有關協同經營的研究，則較少聚焦於部落的生活及生計發展需求。有鑑於里山倡議與協同經營的內涵高度吻合，兩者都強調在地社區與自然的連結，重視各方權益關係人的合作，並進一步在自然資源管理上成為互助的夥伴。因此，如何將里山倡議的精神融入協同經營機制，就成為推動「里山根經濟」很重要的核心。

尤其「里山根經濟」在台24線透過社區林業、生態旅遊、林下經濟與循環農業的推動，不僅呼應國土生態綠網搭配友善耕作的策略，

走一條共森到創生之路

並進一步藉由與原住民部落協同經營共管山林，建立公私夥伴關係，更可說是里山倡議因地制宜的具體實踐。

此外，目前森林及其周邊的山村與原鄉部落發展仍然面臨許多困境，例如青壯年人口流失、文化崩解斷層、當地貧窮人口被社會邊緣化，以及氣候變遷下的部落安全與農林業發展的不確定性等。但是生物資源與人文多樣性一向是臺灣的魅力所在，而位於里山的部落與鄉村正是保有這些多元價值的地方，如何善用豐富多樣的資源特色，在永續發展的基礎上推動地方經濟轉型，刻不容緩。

因此運用「里山根經濟」投入台24線部落的莫拉克災後重建，除了必須重視傳統生態智慧的保存，也鼓勵部落社區將傳統知識與現代科技融合，學習當代自然資源管理方法，例如生態調查與環境監測，進一步運用到原住民保留地與部落周邊國有林地的管理，藉由社區林業、生態旅遊、林下經濟與循環農業等策略，落實森林資源協同經營，以確保資源使用的永續性。

社區林業厚實里山資本

為此，2017年11月28日林務局與屏東科技大學合作成立「社區林業中心」，以社區林業深耕地方的知識經驗為基礎，集結各項專業知識與資訊，提供建立人才庫，組成專業諮詢服務團隊，編撰社區林業教材、技術指引、實務交流、辦理教育訓練、國際交流分享等服務，建構「里山根經濟」的知識資訊體系，並擔任異業媒合平台，為全國有心發展里山根經濟的社區提供資源後盾。

林務局局長林華慶指出，鄉村社區肩負糧食生產、文化傳續、生物多樣性的重大價值，如何在快速的環境與社會變遷下，讓原鄉部落與自然生態和諧永續，世界許多國家都期望找出因地制宜的策略。而臺灣的森林覆蓋率很高，居民直接或間接依賴森林的程度很高，但大眾卻對森林無感，因此林業政策要如何充分讓人們感受到森林生態系提供服務的價值，甚至可以直接受益？從社區林業衍生的生態旅遊、林下經濟、循環農業與協同經營等，都是非常重要的策略。

　　社區林業已經推動18年了，原鄉自然資源管理的政策及制度面也逐漸調整，保育自然生態也要協助部落生計，這樣的轉變給予社區林業新的視野與發展空間，然而如何執行與落實，將會是社區林業劃時代的任務。可以預見，「里山根經濟」架構下的生態旅遊、林下經濟、循環農業、協同經營等策略，將是社區林業未來十年要發展的重點，也有助於政府與部落推動共管機制時，建立穩固的共識與互信基礎。

　　屏科大社區林業團隊在2008年即與屏東縣霧臺鄉阿禮部落合作，進行生態監測並調查原住民族傳統知識與智慧，保育自然資源，以培力社區居民擔任生態解說員，為推動生態旅遊扎下根基。

　　及至2009年8月莫拉克重創台24線三地門與霧臺原鄉，導致部落面臨人口外移與文化流失的危機，但團隊依舊陪伴居民投入災後重建，除了將里山倡議的精神引進社區林業、生態旅遊、林下經濟與循環農業的推廣，還跨出林業的範疇，結合農園生產、食品加工與行銷販售等專業，厚植部落的里山資本。

　　從發展生態旅遊、林下經濟到循環農業，社區林業兼顧生活、生

①森林系陳美惠教授接受部落頒感謝禮。
②社區林業中心揭牌。

①林務局林華慶局長參觀社區產品並與達魯瑪克部落夥伴歡談。
②阿禮風古謠樂團演唱。

產與生態的操作策略，不僅串聯一、二、三級產業，透過政府下放分權、培力部落賦權的方式，也可達到協同經營共管山林的目標，使公私協力夥伴關係可長可久。

走一條從「共森到創生」之路

目前生態旅遊是以霧臺鄉阿禮部落為台24線做領頭羊，串聯其他部落與社區。林下經濟則以霧臺鄉大武部落為起點，包括推動小米與紅藜復耕、林下養雞與山當歸栽培，採收後的農業廢棄物如紅藜稈，則做為太空包的基質種植菇蕈類產品，採收後廢棄的太空包基質再回歸土壤作有機質肥料，達到循環農業的效果。

透過阿禮及大武部落的行動實踐建立原鄉部落參與生態保護區監測的技術體系，並善用傳統生態知識，發展六級化產業。這套模式可協助部落因應極端氣候帶來災害時，能夠先幫助部落維持糧食自給自足，滿足生存需求，災後亦可以靠具有特色與競爭力的農業生產模式，吸引年輕人回鄉維繫經濟生活。

為回應混農林業的需求，林務局亦於2019年4月29日宣示「適地發展林下經濟」政策正式上路，強調在不破壞森林環境前提下，正式受理林下「段木香菇及木耳」、「臺灣金線連」與「森林蜂產品」等森林副產物經營申請，並藉由專業輔導團隊的陪伴，導入林業永續多元輔導方案、友善環境耕作及有機認驗證作業等配套措施，提振山村綠色經濟，也厚植臺灣森林永續經營的能力。

林務局局長林華慶說明，發展林冠下森林副產物的複合經營模

式，內涵正是在於分享森林生態系的多元服務價值，以不破壞森林、永續經營及里山精神為核心指標。經盤點不破壞林木自然生長及森林植被的條件下，經營森林副產物仍具有經濟收益者，才可以列為林下經濟技術規範項目。

目前「段木香菇及木耳」、「臺灣金線連」與「森林蜂產品」為第一波開放之技術規範，後續林務局與林業試驗所將持續盤點，並鼓勵原住民部落或農民提出建議，包括部落傳統作物，都會納入盤點項目，評估是否開放。

林華慶特別指出，森林適度引進蜂類授粉，對於人工林結實率的提升及森林孔隙的天然更新，均具有正面效益，而對森林生態系的影響，則仍需進一步研究；林務局目前已與林業試驗所合作進行相關生態調查，監測林下養蜂的生態效應。此外，為營造蜜源森林，促使四季均有花蜜生產，林務局除持續調查不同開花期的蜜源樹種外，並訂下每年於人工林營造蜜源森林50公頃為目標。

不過，推動林下經濟並非一蹴可及，除了法規必須允許森林裡的副產物運用，發展混農林業更必須摸索栽種或養殖技術，並監測與環境生態的關係，避免造成負面影響。但對部落來說，林下經濟要去哪裡學習？既有的農業推廣體系都是針對農企業或是有經營規模的大型農場設計課程，針對小眾的部落居民呢？這時設在屏科大的社區林業中心就可以扮演起跨領域合作的推廣平台，結合森林、農園、畜牧、食品加工等不同專家投入研究，為部落量身打造合適的林下經濟發展模式。

屏東科技大學校長戴昌賢十分重視生態保育，上任後提出「科技

農業」、「生態產業」、「白金社會」及「藍色經濟」四大主軸,將屏科大的六大學院做一、二、三級產業鏈的整合,並連結社區產業,發揮產官學合作的最大價值。戴昌賢表示,屏科大具備跨領域專業人才,這些都可做為社區林業中心後盾,為共創更好的里山根經濟努力。

「里山根經濟」強調保育和在地生計的結合,這樣的主張能讓部落和官方的協同經營關係有共識凝聚的基礎。在阿禮部落發展生態旅遊及大武部落發展林下生態產業的過程中,可以觀察到林務機關基本

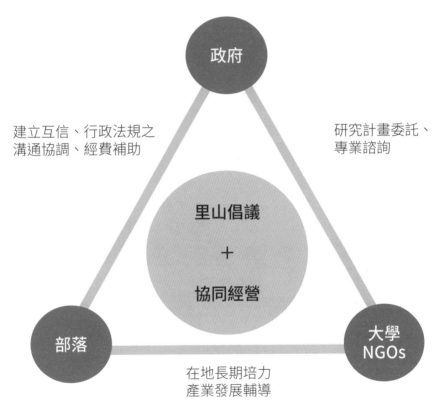

建立互信、行政法規之
溝通協調、經費補助

研究計畫委託、
專業諮詢

政府

里山倡議
＋
協同經營

部落

大學
NGOs

在地長期培力
產業發展輔導

①社區林業研究室自2018年5月起將林下養蜂技術傳承到原鄉阿禮部落。
②屏科大森林養蜂小組成員進行養蜂教學。

上很樂意支持部落將生計與保育目標結合，從過去將人類活動視為對森林是一種侵擾的「保護主義」想像，轉變為支持在地居民以永續的方式有限度使用森林資源。在台24線的共管委員會討論中，也有動植物資源調查、森林產物使用的討論和協商。當部落與政府在願景及目標上有共識時，就有機會開啟彼此的合作關係。

科技結合傳統智慧找尋創新

關於傳統智慧的保存，「里山根經濟」以更動態的方式看待傳統生態知識，強調傳統智慧的集結、振興及轉化。將傳統農耕智慧與生物多樣性保護進行連結，或將生態監測技術和傳統狩獵知識結合，對於部落的生計發展和生態保育都有助益，相當適合在國有林地的森林資源管理上進一步運用。而且里山倡議的精神可以回應某些認為當代原住民因傳統文化流失而失去守護山林資源正當性的質疑聲音，因為部落發展並不是要活在過去、停留在不變的「傳統」，才能與自然和諧共處。臺灣原住民族部落的傳統智慧仍有待群策群力振興，讓其重要性及價值得以在現代社會發揮。

此外，「里山根經濟」的推動同時也是社區培力的過程。由於部落在產業發展過程中，需要進行內部的共識凝聚與溝通，建立組織規範及自主力就顯得重要，以避免資源分配不均而造成誤解及衝突。在協同經營的架構中，部落具有強健自主經營能力和組織規範是重要的，因為部落必須要能在內部形成共識，才能進一步形成集體的決議，和政府機關進行有效的決策與協商。

來自日本的日台里山交流會議會長中村伸之先生表示，在日本，很少看見大學、政府單位及地方社區有如此密切的合作，他曾將林務局、屏科大和在地社區、部落長期耕耘社區林業的案例分享至日本，引起很大的迴響，這也是推動里山倡議很珍貴的參考經驗。

隨著時間演進，社會對於社區林業的期望與需求也有不同，推動根植地方特色的「里山根經濟」，除了可協助社區瞭解在地的里山資本，更著重在永續產業發展的過程中，實踐里山倡議、活絡里山資本，達到居民自主與生態永續。

社區林業中心也將持續協助全國各社區從事符合生物多樣性的生產活動，並在面對全球氣候變遷等考驗下，結合現代科技跨界合作，振興社區的環境、文化、產業，提升鄉村聚落的價值與競爭力，讓「里山根經濟」深植臺灣，走向人與土地相互依存的永續未來。

走一條共森到創生之路

①段木香菇培育菇農江明輝先生示範說明植菌過程。
②台24線災後道路狀況。

第五章

社區林業：從生態旅遊啟動的綠色新經濟

　　2017年11月28日，在霧臺鄉阿禮部落「阿禮風古謠樂團」的古謠歌聲下，林務局局長林華慶與三地門、霧臺、瑪家鄉鄉長，台24線阿禮部落、大武部落等地方領袖、村長、地方組織幹部共同見證屏東科技大學「社區林業中心」揭牌成立，也宣示「里山根經濟」透過產官學合作帶動社區林業正式邁入2.0的階段。

　　「社區林業」計畫可追溯自2002年，林務局為順應國際間林業經營結合社區發展趨勢所提出的新政策，希望藉由計畫執行的互動與對話過程，和許多不同族群的社區建立夥伴關係。政策推出迄今，全國已有超過950個社區參與並自主執行超過2,300個社區林業計畫，成為社區參與山林、生態、文化資源保育工作的敲門磚與基石。因為此一計畫，林務局與相關社區更已獲得5座「國家永續發展獎」的肯定。

　　其中，林務局自2008年與屏科大社區林業研究室協力屏東台24線沿線原住民部落發展生態旅遊，並透過創新一、二、三級農業產業價值鏈，在莫拉克風災後陪伴原鄉重建，更於2013年榮獲「國家永續發展獎」行動計畫類第1名，成為原鄉里山倡議的典範案例。

　　林華慶指出，社區林業是一個長期深耕的歷程，林務局在政策推動過程中也將持續會同部落與社區進行溝通合作，期盼透過社區林業

部落間相互學習生態旅遊執行方式。

2.0的進階，讓族人能真正回到森林、使用森林，並進行自主管理。
「就像幾千年來魯凱族和排灣族之於森林的和諧關係一樣，」努力確
保森林生態系的功能，讓森林生態系各種的價值分享給周邊的部落社
區。

　　回首來時路，社區林業成果能夠在全臺灣開枝散葉，民間、學界

與官方的三方合作，功不可沒，而屏科大社區林業研究室更積極扮演穿針引線的角色。

從立志農業科技到胸懷生態保育

陳美惠教授是出身自臺南麻豆鄉下的貧農子弟，從小就立志學習農業科技改善農民生活。到屏科大從事教職前，不但歷練過屬於地方研究單位的鳳凰谷鳥園、中央的林務局與文建會等行政機關，關懷的觸角也遍及自然保育、文化保存、原住民發展與環境教育等議題，從事保育的經驗非常豐富。

在公務員的職涯中，跑遍臺灣各地的深山與海濱，見證了壯闊的山海之美，卻也痛心於人為急功近利所造成的污染與破壞，而生活在這塊土地的人們對於環境保護的冷漠與對立，更使大地之母傷痕累累。有鑑於此，陳美惠決定離開服務十年有餘的公務員職涯，走入校園作育莘莘學子，希望培養更多「社區林業」的種子，散播各地。

社區林業的面向，能夠涵蓋林業經營、農業生產、畜牧利用與生態旅遊等，不僅跟屏東科技大學有多元的科系可以推動跨領域合作，也跟陳美惠職涯歷練不同專業帶來的啟發有關。

陳美惠年少生活除了求學念書，其餘時間就是必須協助農忙，忍受毒辣豔陽下田工作。由於家族所擁有的農地位在麻豆與學甲之間，地處農村偏遠地帶，交通不便，生活困苦，因此陳美惠從小就立定就讀農學院的志向，希望將來想要做一位聞聲救苦的農政官員，改善農民貧困的生活。

走一條共森到創生之路

懷抱著理想，如願考上中興大學畜牧系（現「動物科學系」前身）就讀，繼續深造研究所，又以當時最先進的遺傳工程為主題進行研究，並於攻讀期間參加公務人員高考及格，朝著當農政官員的志向邁進。這一切順遂的求學與求職過程，原本完全符合人生規劃，卻因當時媒體報導一連串臺灣保育的負面新聞而帶來改變。

1960～90年代的臺灣，經濟起飛，股市上萬點，是社會最富裕、也是物慾橫流的時刻。臺灣人因為消費犀牛角、虎骨與熊膽，瘋狂進口紅毛猩猩與老虎飼養，又有漁民屠殺海豚，一件又一件負面形象在國際間流傳。許多人宴客時，一整鍋燉好的雞湯連動都沒動就倒掉，浪費食物成為常態。走入鄉間，原來兒時清澈見底，隨時可見魚蝦悠游其中的溪流，被五顏六色的工業廢水污染。

有感於臺灣物資生活已很富足，卻因為社會貪婪與欠缺投入保育的人才而受傷，陳美惠當下決定轉往保育工作發展，於1993年選擇了當時隸屬於臺灣省政府教育廳管轄的南投鹿谷鄉「鳳凰谷鳥園」，做為公務員職涯的第一站，因為鳥類研究與陳美惠的畜牧專長較接近。

當時交通不像現在這樣方便，鹿谷鄉地處偏遠，很少有外地人想去鳳凰谷鳥園服務，陳美惠立刻成為當地最年輕的研究人員。因為年輕，所以特別有熱忱，舉凡訓練解說志工、出版書籍、教育推廣與到各國中小進行環境教育，都看到她往來奔波的身影。工作第三年，陳美惠考取臺大動物學系研究所博士班，追隨國內生態保育界泰斗林曜松教授進行研究，尋求提升自己在保育方面的知識與專長。雖然為了兼顧工作與進修，每周要經常往返臺北與鹿谷之間，非常辛苦，她卻不以為意。

1999年臺灣發生九二一大地震，鳳凰谷鳥園受到波及，災情慘重，陳美惠當時懷著七個月的身孕，雖從瓦礫堆中倖存，卻也導致正在進行的研究被迫中斷。這樣的天災巨變讓她停下腳步，重新思考如何推展保育工作。她回想之前在各國中小推動環境教育，雖然有助於保育觀念扎根，但地方居民的排拒，卻是保育工作推展上最常面臨的阻礙。

有鑑於社區總體營造的概念廣泛運用於地震災後重建，她遂興起將社區總體營造結合生態保育的想法，請調至行政院文化建設委員會第二處第二科，學習如何操作社區總體營造。

2000年2月，陳美惠剛生完孩子滿月，就馬不停蹄地隻身到臺北工作，追求並思考將生態保育與社區營造結合的可能性。在文建會半年多的時光，瞭解了社區總體營造的運作概念，剛好林務局急需保育專長的人才，在林曜松教授的引薦下，陳美惠請調到林務局，將生物多樣性保育結合社區總體營造的理念，轉化落實為具體政策。

以往林務局常因國有林班地的管理，與地方居民或原住民處於緊張對立的關係。為了一改過往林務局給民眾高不可攀的形象，2002年元旦，當大家都返鄉歡度假期時，陳美惠獨自留在臺北辦公室構思。她憑藉著過去在鳳凰谷鳥園與文建會工作的經驗，參考國際間最新的保育潮流，結合生物多樣性保育與社區總體營造的概念，規劃出「社區林業」的新構想。

以生態旅遊做為社區林業發軔

國外談論社區林業的推動，會鼓勵社區居民進入森林善用樹木資源或是利用森林副產物，甚至推動混農林業等。但在臺灣，同樣的操作方式卻有違反森林法的疑慮。所以當年在國內提出社區林業的構想，只能從生態保育的角度出發，鼓勵在地居民去認識周遭環境的生態資源，著重在生態資源調查，鼓勵社區巡護、監測，採取保育行動。

2002年恰逢聯合國發布「國際生態旅遊年」，以生態旅遊做為地方永續發展的經營策略，不僅可以落實生態保育，也兼顧社區培力與產業發展，對林務局的森林經營管理也不會帶來負面影響，是產官學都可以接受的策略。因此，陳美惠提出社區林業以生態旅遊為主軸的構想，立即受到林務局上級長官支持。

同年三月開始，與林務局同仁走遍所屬的8個林區管理處、34個工作站，向各單位同仁介紹推動社區林業的計畫與構想，同時親自接觸各個社區與原住民部落，一方面嘗試拉近社區或部落住民與林務局之間的距離，另一方面也鼓勵社區提計畫激盪保育構想或發展生態旅遊，營造公私之間的夥伴關係。

社區林業的計畫推出兩、三年後，有的社區積極響應，也有其他社區、甚至林務局所屬同仁觀望，以致社區林業的推廣遭遇瓶頸。林務局同仁討論後分析社區林業推動的最大挑戰，在於「缺乏專家團體的長期陪伴」，因為政府各部門基於不同目的推動社區總體營造，都只提供一定期程的經費與支援，結案之後，專家團隊也撤離社區，使

外國學生首次體驗臺灣原住民文化的花環製作，學生們玩得不亦樂乎。

得好不容易建立的成果，又可能回到原點。

　　尤其社區林業牽涉到動植物與生態資源調查，重視社區培力，知識密集度高，非常需要專家學者的長期陪伴，才能深入。社區林業的推展，固然為推展保育工作找到新的方向，但若要深化成為社區日常生活的一部分，使居民都具備生態保育的意識，最終建立公私夥伴關係的目標，需要更多生態專家長期陪伴社區居民攜手成長。

　　但是，當時國內同時懂得社造與保育的人才很欠缺，因此陳美惠

決定放棄公務員職位，轉換跑道進入學術界回到校園，將個人經驗分享給學生，為國家與社會多培養社區林業的種子。由於陳美惠在臺大攻讀博士班期間，即於屏東科技大學森林系兼課教授「社區林業」，離開公職後，在屏科大任教便順理成章地成為她的首選。

陳美惠根據她個人實地參與社造的經驗發現，推展生物多樣性的概念固然重要，但維繫生計對社區居民也同等重要，如何將保育與生計結合，讓保育落實紮根社區，「生態旅遊是最好的一條路」。

生態旅遊（Ecotourism）是一種以保育為核心價值的旅遊，提

媒體團參與達來部落人文解說。

供偏鄉社區在保護自然人文的同時,能兼顧在地生計。其推動方式是在社區營造及環境教育的過程中,透過組織培力社區居民,維護當地自然人文資源,帶領遊客瞭解並欣賞當地特殊的自然與人文環境,提供環境教育以增強遊客的環境意識,引發負責任的環境行動,並將經濟利益回饋造訪地。此舉除了可協助推動在地的保育行動,亦能提升當地居民的生活福祉。

主流一窩蜂式的觀光發展只強調經濟收益,卻漠視環境與文化資產的保護,遊客缺乏總量管制,反而造成生態與文化的衝擊。生態旅遊注重的是自然與文化的經營與保育,和政府機關密切配合共有資源經營,以及傳統文化的保存與活化。因此,生態旅遊須從社區營造開始,在「居民參與」的基礎上,進行凝聚社區共識、培訓人才、巡護監測資源、規劃妥適的遊程、建立經營體制及管理規約等系列培力過程。

為了讓學生能夠從「做中學、學中做」操作生態旅遊,在屏科大森林系成立了「社區林業研究室」,一方面帶領學生親自走入社區與居民互動,另一方面也為社區培養生態旅遊的人才。2006年,適逢內政部營建署鼓勵所屬的國家公園推動生態旅遊,墾丁國家公園管理處(簡稱「墾管處」)基於地利之便,率先與屏科大社區林業研究室合作,希望能夠協助輔導墾丁的社頂部落發展生態旅遊。

或許是上天刻意安排,陳美惠生完第一個小孩滿月就到臺北工作,首度蘊釀社區林業的構想;第二次生完小孩滿月,就接下社頂輔導案,首度扛下陪伴部落發展生態旅遊的挑戰。這兩次「首度」,都必須「摸著石頭過河」,想辦法克服無法預期的困難與挑戰,並且累積經驗與印證學術理論,壓力之大,可想而知。

生態旅遊成功的試金石—墾丁社頂部落

位處墾丁國家公園範圍的社頂部落，周邊有著墾丁森林遊樂區、社頂自然公園等國內重要的旅遊景點，過去因為發展大眾旅遊，嚴重衝擊社頂原有的樸實文化、生活環境品質及生態資源，加上為迎合大眾旅遊之需，居民常不顧國家法令盜採、盜獵自然資源以販售謀利，同時也因濫墾、違建，常與墾管處發生抗爭和衝突，以致大部分居民對於墾管處非常反感。

隨著墾丁大街的興起，各地許多的旅遊新景點的競爭，以及國內旅遊型態的轉變，社頂部落的一成不變，導致遊客越來越少，原本專作遊客生意的店家，一家家倒閉或停業，由於這些的原因，社頂開始走向沒落。

由於社頂部落位於墾丁國家公園的核心位置，緊鄰社頂自然公園、高位珊瑚礁自然保留區、梅花鹿復育區、墾丁國家森林遊樂區、試驗林地及國有林班地。調查發現，社頂地區無論是植物、動物、地質、人文、景觀都稱得上數一數二的，例如：毛柿林、大雀榕、螢光蕈、螢火蟲、梅花鹿、灰面鵟、赤腹鷹、食蛇龜、珊瑚礁岩、木炭窯、姥咕石屋、啞巴海、三面海等，生態與人文資源非常豐厚，因此率先被墾管處相中，希望做為發展生態旅遊地的示範社區。

有鑑於官民之間的互信非常薄弱，屏科大社區林業團隊扮演著潤滑劑的角色，一方面對當地居民進行培力，另一方面也協助墾管處與居民溝通。一般學者從事社造時，為維持學術中立性，將自己抽離在社區外，但屏科大社區林業團隊卻不這麼想，把社頂部落的發展，當

成與自己切身相關的議題，積極涉入，先找社區裡的核心人士進行溝通，共同規劃發展的願景，然後找理念相近居民合作，進行解說員訓練、組織巡守隊、規劃生態旅遊的遊程等行動。

看似容易的生態旅遊推展計畫，卻花費了屏科大社區林業團隊四年的心血。師生必須走出教室實地到社區操作，交互印證實務與學術理論，更由於社頂部落當地大部分是老弱婦孺，居民的職業大多與大眾觀光有關，在觀念的溝通上非常辛苦。

此外，社區居民頻頻急問「遊客在哪？錢在哪？」參與的學生對居民也有反彈，認為「談保育為何都要與錢有關？」不可諱言，師生當時真是身心俱疲。

正因為研究團隊的耐心與細心，墾丁社頂部落的生態旅遊終於有了成果，不但規劃出「賞鷹」、「尋鹿」、「日夜間生態體驗」，更藉由規劃「毛柿林尋幽探密」，搭起屏東林管處與墾管處兩個公部門單位的合作橋梁。

毛柿是國內闊葉樹中，木材質地優良堪稱前五名的樹種，在恆春半島的排灣族喜愛以此種樹木當作建物的棟梁，或是作為山刀的刀柄，屏東林管處所轄的140公頃毛柿林更是國內難得的母樹林，非常具有教育意義與發展生態旅遊的潛力。透過陳美惠以屏東科技大學為平台，出面邀請屏東林管處與墾管處協調合作，讓社區參與毛柿林與周邊梅花鹿復育區的認養、經營與保育。結果在公部門、社區與學者的互信合作下，毛柿林竟成為最受歡迎的生態旅遊行程之一。

在產官學的努力與合作下，2006年起墾丁國家公園境內的社頂與水蛙窟部落陸續發展生態旅遊，如今社頂已成為社區發展生態旅遊的

墾丁社頂部落巡守隊成軍。

學習標竿。在2014年及2018年IUCN（國際保育聯盟）出版的「保護區永續旅遊與遊客經營手冊」，兩度將臺灣屏東的社頂部落列入其中一個案例，引薦給全球關注生物多樣性的人們，社頂成了國內外旅客朝聖之地。隨後2012年加入里德、龍水、港口，以及2013年加入大光及滿州協會；2015年之後陸續加入永靖、九棚及鵝鑾社區，十多年來在墾丁國家公園區周邊已有11個社區部落加入生態旅遊行列，生態旅

遊也成為國家公園與社區邁向永續發展的重要策略。

　　基於公部門、社區與學者之間良好的三角互動，社頂部落居民與墾管處從激烈對立變成夥伴關係，推動生態旅遊的成果，也讓墾管處因社頂部落生態旅遊輔導，獲得2008年行政院「國家永續發展獎」行動計畫類的第一名，成為國內第一個以生態旅遊獲得此一殊榮的公部門。

　　不僅如此，社區經營生態旅遊，獲得的收益除了讓在地居民維持生計，部分收益也轉為社區保育、經營管理、公益基金及回饋社區等不同用途。墾丁國家公園周邊社區生態旅遊越來越受歡迎，營業總額在2017年更突破千萬元，而當年陪伴在地居民成長的「社區林業研究室」研究生畢業後創業「里山生態有限公司」，也留在恆春設立「森社場所」，持續在恆春半島協助社區推動生態旅遊，成為培養青年下鄉創業的典範之一。

社區林業2.0：兼顧森活與生計的新出路

　　有了社頂部落以生態旅遊得到行政院國家永續發展獎的成功經驗，2008年在屏東縣長曹啟鴻的力邀與屏東林管處的經費支持下，屏科大社區林業團隊再將觸角擴及到霧臺鄉的阿禮部落。

　　阿禮部落是台24線最末端的一個魯凱族部落，位於海拔1200公尺的山上，座落於小鬼湖林道的入口。當地不但氣候怡人，生態豐富，景色也隨著繚繞的雲霧而變幻莫測。也由於地處深山，阿禮部落還保有傳統珍貴的魯凱文化，居民也守護著雙鬼湖野生動物重要棲息環境及大武山自然保留區，非常適合發展生態旅遊。

走一條共森到創生之路

阿禮部落不僅保有魯凱傳統文化與生活，如果能夠與山林管理為主的林務局在建立生態旅遊示範，讓林務局與部落間因落實社區林業而改善關係，不僅證明林務局與國家公園兩個國土自然資源管理系統都能與社區或部落建立夥伴關係，也證明社區林業在臺灣的里山、里海，都是具體可行的生態保育策略。

　　有鑑於在社頂部落推動生態旅遊累積相當豐富的經驗，過去屏科大社區林業團隊在社頂部落進行組織建立、資源調查與軟硬體建設花

推動解說員認證。

山川琉璃吊橋第一&二期解說員與台24線部落解說員結訓。

走一條共森到創生之路

費了三年，同樣的過程在阿禮部落進行，卻一年就可完成基本雛型。但當大家興高采列地準備迎接阿禮部落生態旅遊起跑時，2009年8月8日莫拉克颱風帶來兩千多毫米的暴雨，洪水使得霧臺鄉多處地段成為土石流災區，阿禮部落對外聯絡的台24線也多處崩塌，道路柔腸寸斷。

其中，阿禮部落屬於下部落的區域災情最慘重，房屋損毀，土崩地裂，造成下部落居民被迫離開家園。而阿禮部落的上部落區域，是魯凱族先民篳路藍縷打造傳統家屋的地基所在，充滿了先民順應大自然的智慧，反而順利度過莫拉克風災的考驗，尤其上部落有許多傳統家屋與具有一百八十年歷史的頭目家屋，歷經風災依舊完好如初，這

屏東林管處、六龜區公所、屏科大森林系、寶來人文協會、荖濃溪環境藝術促進會以及各里長、在地社區協會組織與甜蜜合照。

裡逐漸成為魯凱族人的文化與生活重心。

因此，當國內其他莫拉克風災的受災區忙於災後重建而紛擾不休時，阿禮部落有一群住民卻意志堅定地返回上部落展開生態旅遊的規劃，從環境整理到解說員培訓，都強調要用低密度利用的方式將保育融入生活當中，帶領阿禮部落走出低迷。屏科大社區林業團隊透過林務局的經費支持，也陪伴阿禮部落走出一條與眾不同的災後重建道路。

社區林業在墾丁社頂推動生態旅遊有不錯的成果，但同樣的操作策略卻未必適用台24線原鄉部落，因為墾丁的旅遊活動比較活絡，配合旅遊發展的基礎建設與周邊產業配套較為齊全，到處都有民宿與飯店。反觀台24線是莫拉克重災區，環境脆弱不適合大規模開發，部落太過觀光化也容易失去純樸生活，甚至發展失控引發利益衝突，對環境造成衝擊，所以發展結合人文與生態的社區小旅行模式較為適合。

再者，發展生態旅遊固然是友善環境且照顧在地居民生計的永續策略，但生態旅遊從資源調查、遊程規劃、解說培訓、旅遊服務，需要長時間與耐心的理念溝通，招募到合適的人才持續培力，建立經營團隊提供整體行銷與服務，才能構成旅遊經濟。

因此，推動台24線生態旅遊以最深山的霧臺鄉阿禮部落為起點，受災居民雖然遷至平地的長治百合部落園區，但族人基於對傳承魯凱文化的重視，在非汛期依然返回守在霧頭山腳下的祖居部落，扮演領頭羊的角色分享推動生態旅遊的經驗，並結合大武、神山、德文、達來等其他魯凱與排灣族部落，構成台24線生態旅遊廊道，並將這套模式也複製到屏185線沿山公路。

攤位主人來自各領域達人，與民眾互動熱烈。

第六章

林下經濟：建構循環農業新模式

　　發展生態旅遊固然是正向的莫拉克災後重建策略，可以培力部落居民重視生存的環境與文化，珍視先民利用動植物資源與環境共生的傳統智慧，使小旅行展現特色與深度內涵。但對維繫部落生計來說，不能僅依賴生態旅遊，還必須發展出兼顧生活、生產與生態的社區林業新架構。因此，結合原鄉傳統生態知識與現代農業技術的林下經濟與混農林業，成為協助部落居民能夠守護森林又能兼顧生計的新出路。

　　在台24線，受限於交通與環境限制，以及沿線部落因莫拉克風災遷居平地，多數人生活重心在長治百合園區永久屋基地，以致在原鄉推動生態旅遊時人力缺乏，部落心有餘而力不足。

　　考量部落生活固然應避免過度依賴大眾觀光而加重環境負擔，但部落為滿足日常生計或因應極端氣候災害時，仍須建立自給自足的能力。因此，發展具生產功能的第一、二級產業，對部落來說仍有其必要性。

　　然而，哪種類型的一、二級產業才適合台24線原鄉部落發展？莫拉克風災已凸顯臺灣山林環境脆弱，地質破碎，坡度陡峭，腹地有限，不適合發展大面積耕種的農業上山模式，以免摧毀多樣化森林生

霧臺鄉林下經濟參與農戶展開金線連種植。

態系。

　　除了先天環境限制，年輕人口外移造成勞動力不足，更是部落發展農業的困境。霧臺鄉有95％的農地閒置，剩下的5％除了種植傳統作物，大部分栽種火龍果、紅肉李。這些農作物種類不僅無法跟其他地方區隔，在成本上也不容易跟大面積的經濟栽培模式競爭。

「部落生計不能只靠觀光，發展農業又必須跟平地有區隔性，思考部落產業發展，里山倡議就顯得重要。」過去慣行農業上山經常摧毀森林生態系的多樣性，而林下經濟不僅兼顧保全森林與部落生計，也符合里山倡議「實現人類社會與自然環境共存」的願景。因此在屏科大社區林業團隊與台24線原鄉部落長期合作所累積的信任基礎下，2014年提出發展林下經濟的社區林業新面向。

混農林業因地制宜，充實社區林業內涵

　　林下經濟的概念被引入臺灣前，結合農業及畜牧等一級產業的「混農林業」（Agroforestry）已被提出，但在臺灣的實踐，則更進一步擴及運用原住民族傳統知識，並結合生態旅遊等三級產業的面向。林下經濟強調藉助林地的生態環境，顧及林木生長及生產森林副產物的情形下，在林冠下開展複合式產業經營，甚至發展旅遊、環境教育、森林療育，以充分發揮森林環境永續經營與社會經濟的綜合效益。

　　屏科大社區林業團隊訪談部落居民進行調查與研究，認為從復耕傳統作物的基礎上推動混農林業，是最適合台24線發展的林下經濟模式之一，因為這些傳統作物既能適應在地氣候環境，又能與平地農產品作市場區隔，更具備連結原鄉部落文化的功能。

　　以霧臺鄉為例，走入許多道路兩旁的雜木林，可看見過去種植旱作的梯田遺跡，這些可說是發展混農林業的基礎，因為經過原住民族先人採集利用的傳統作物，不僅抗逆境的能力強，跟部落生活扣連很

深，適地適種的好處，也可降低對農藥與化學肥料的依賴。

　　然而發展混農林業復耕傳統作物，得面對部落人力不足的現實，若選種高度依賴勞力的小米、紅藜或樹豆，居民收入難以與勞力付出成正比。再者，過去對森林資源的利用是直接採集販售，容易導致野生族群數量越來越少。因此，發展混農林業，除了要運用原住民傳統智慧，也要結合現代農業生物科技，找尋永續利用的方式。

　　舉例來說，評估金線連是否適合台24線部落作為林下經濟的產物時，就必須緊扣著里山倡議的三摺法架構：一、確保多樣化的生態系統服務和價值；二、整合傳統知識與現代科技；三、謀求新型態的協同經營體系。雖然部落曾有利用野生金線連的傳統經驗，但要在森

金線連種植。

①阿禮部落執行林下金線連種植。
②妥善呵護種植的金線連。

走一條共森到創生之路

林下方經濟栽培，仍需經過實地的栽培試驗；為避免依賴採集野生族群，應挑選強健的野生植株做組織培養後量產。這些過程需要運用作物栽培、組織培養、分子生物、分析化學、功效驗證與食品加工等現代科技研究，產官學若能攜手合作，非常符合里山倡議的精神。

此外，林下經濟若能發展成功，農產品不僅可以藉由有機農業驗證、產地證明標章或是綠色保育標章增進附加價值，協助農友提升收入，針對部落因農地荒廢而形成的森林生態系，也可以藉著混農林業的經營方式保護與永續利用。這些森林主產物（木材）或副產物透過加工研發建立森林品牌，輔以生態旅遊、環境教育活動或參訪研習等，即可串接一、二、三級生產，建立部落特色的六級化產業。

森林法規與時俱進，務實解決林農生計

雖然臺灣擁有將近61%的森林面積及豐富生態，但林下經濟的推動才剛起步。這是因為長年以來，林地使用受法規限制，甚至曾在山村部落造成官民之間的流血衝突。此外，根據2015年農林漁牧業普查結果，林農平均每戶年收入僅11.5萬元，反映出以森林主產物（木材）收穫為主體的傳統經營模式，普遍獲利過低，導致部分林農冒著違法、破壞森林水土的風險，濫植果樹或茶樹等短期作物，使租地違規或山坡地超限利用情況難以根絕。

有鑑於森林是重要的社會資產，也是各界關注的綠色產業寶庫，因此林務局於2016年召集農委會林業試驗所等相關單位成立「林下經濟推動小組」，希望經由研究，盤點出適合於林下經營的森林副產

物，以增加農民與山村居民收入。

　　歷經三年跨機關檢討及法規調適，內政部將「林下經濟經營使用」正式納入林業使用的用途，農委會於2019年4月18日接續發布「林下經濟經營使用審查作業要點」規定，林務局才正式宣告「適地發展林下經濟」政策上路，推動林下經濟才取得法源依據。

　　「適地發展林下經濟」政策強調在不破壞森林環境前提下，受理申請森林副產物的經營。目前已開放「段木香菇及木耳」、「臺灣金線連」與「森林蜂產品」等項目，農民可申請於林地適度經營養蜂種菇等高價值副業，並藉由專業輔導團隊的陪伴，導入林業永續多元輔導方案、友善環境耕作及有機認驗證作業等配套措施。此舉不僅有助於山村綠色經濟，加強林地林用的誘因，也為市場提供優質森林產品，厚植臺灣森林永續經營的能力。

　　此外，林業試驗所也正在進行《林下經濟永續經營可行性之研究》計畫，初步擬訂發展林下經濟的幾項原則，以兼顧生態、經濟及社會指標，包括不影響主林木生長與水土保持，達到永續經營；作物選擇除考慮市場價值外，也須符合當地地主或原住民族的需求，以活化在地經濟，生產具地區特色產品；以及依造林作業發展適應性林下經濟，依據伐採強度及造林木生長狀況，栽植適當作物與調整管理強度。

　　透過林下經濟永續經營，森林因為有意識的保護而恢復生機，不僅土壤肥力提升，減少土石流發生率，更為野生動物提供棲地。此外，如果在林下經濟和生態旅遊之間建立協同共生關係，對旅遊、友善食物與生態保育感興趣的遊客，更可提升其造訪山村的意願。

阿禮部落林下養蜂。

從傳統智慧與友善農耕出發，協同管理山林

　　林下經濟雖然在臺灣才起步不久，但國外已有許多以此打造六級產業化的成功案例。菲律賓南達沃省（Davao del Sur）原住民近年

運用其獨特的混農林業系統，為當地生態旅遊產業帶來各國遊客。其操作方式是首先以友善環境農法種植木瓜、香蕉、榴槤、蘭撒果、柚子、紅毛丹、芒果、山竹等高經濟作物，吸引遊客到部落採購；又利用棕櫚葉、竹桿、藤蔓、藤條等材料建造野餐小屋和小型旅社，並種植蘭花美化環境，吸引對環保屋有興趣的遊客留下來住一晚。

另一個案例是菲律賓呂宋島科迪勒拉山（Cordilleras）水稻梯田，在1995年列入世界遺產後，成為熱門觀光景點。當地森林維持良好，少數族群伊富高族（Ifugao）世世代代在此耕作梯田為生。伊富高地景由公有林、私有林、蔬菜田、火耕田、稻田、梯田、公有草地與屯墾區所組成。

山頂附近的公有林，扮演提供水源的重要角色；私有林散布在公有林下方，與梯田及村落呈鑲嵌分布，能減少地表水分流失、土壤侵蝕及避免水稻田堆積塵土。居民依據該地自然資源狀況，如緯度、地區等因素，在環境承載力限度下使用資源。

在印度喀拉拉邦（Kerala）瓦亞納德縣（Wayanad）偏遠農村，多數小農擁有住家庭園（Homegarden）。它是一種多層次土地使用法，不同高度的植物種在住宅區附近，如同一般森林狀態，可提供食物、動物飼料、燃料、木材、藥材以及觀賞植物。傳統的混農林業是由住家庭園組成，保留農田裡的原生樹木，只砍伐林下低矮植被後種植作物。

住家庭園不僅整合作物及樹林，也飼養禽畜、魚類，建立營養循環（Nutrient Recycling），兼顧土壤保護。不同高度的作物能有效利用空間，搭配間作提升每單位土地產值。此外，住家庭園具有重要

的社會文化功能，其所生長的植物，不乏宗教儀式必需品及藥用植物，這些植物雖然不見得有商業價值，但透過住家庭園而具備保種功能。

相較於前述延續社區智慧的林下經濟案例，日本新潟縣佐渡市透過實行友善環境農業復育朱鷺族群，是比較晚近的作法。19世紀前，朱鷺廣泛分布在亞洲東部，但在2003年宣告絕種。2008年，日本環境省在曾是日本野生朱鷺最後棲地的佐渡島，執行圈養繁殖計畫，並將朱鷺重新引進本土，並輔以推廣友善環境農業，以保護朱鷺的水稻田棲地。

環境友善耕作，在佐渡市稱為「培育生命農法」（生きものを育む農法），不僅須減少使用殺蟲劑與化學肥料，還要具體營造適合朱鷺生存的環境，例如保持水田及水道有水狀態，冬季農田保持有水；設計魚梯協助魚類遷徙，或將已棄耕或休耕荒田營造成生物棲地。

此外，積極推行「營造與朱鷺共存的鄉村認證制度」（朱鷺と暮らす郷づくり認証制度），只要稻米達到認證標準，就能取得標章，價格也比一般稻米還高，達到振興農業的效果。2010年，培育生命農法已推廣至700戶農家，涵蓋1,200公頃農地，是2008年該農法推行之初的3倍之多，並觀察得知於2008年及2009年野放的朱鷺前來農田覓食。

臺灣的生物多樣性與豐富的自然環境，與其他國家相比毫不遜色，在不影響生態環境的前提下妥善發展林下經濟，可衍生出自給型社區特色產業，或是與產業結合的企業化經濟體系。此舉不僅可以提升造林誘因，增加森林覆蓋率以減少二氧化碳，持續改善野生動物棲

地，調節氣候變遷，其產出的經濟動植物，能減緩糧食危機與在地居民的生計問題，兼顧農民收益與自然保育的雙重功能。若搭配生態旅遊推廣，也可增加森林產業的美學、娛樂價值。

此外，社區發展林下經濟也應重視傳統生態智慧的保存，將傳統

體驗大武森雞飼養過程，外籍生興奮的與大武森雞親密互動。

大武森雞養殖。

知識與現代科技融合，並學習當代自然資源管理方法，例如生態調
查、監測，確保資源使用的永續性。

林下養雞種菇─自立利他的循環農業

里山倡議在台24線透過林下經濟，也有因地制宜的實踐。以霧臺

鄉大武部落為例，莫拉克災後聯外道路時續時斷，發展混農林業時，除了強化特色與競爭力，也考量部落的自給自足需求。部落除了種植小米、紅藜等傳統作物，基於拓展蛋白質來源，也引入中興大學保種的「紅羽土雞」——這是1970年代臺灣鄉下常見的土雞品種，經過保種35年、32世代育種而成。

大武部落利用得天獨厚的山林環境，提供雞隻充足的棲息與自然活動空間，並引進畜牧、獸醫等專業資源，建立林下養雞模式。無論從飼料挑選、疫苗接種、進新雛、飼養照顧、環境控制、消毒、屠宰到銷售，均建立系統化的運作模式，並遵循不超過環境承載力、循環使用自然資源的原則。

例如部落居民種植小米、紅藜，疏苗後的餘苗可以餵養雞隻。經常危害紅藜與蔬菜苗的蝸牛也利用來餵雞，而雞隻的糞便則蒐集起來再做為小米與紅藜的肥料，達成循環農業的效果。

大武部落以「大武森雞」為品牌養雞，從品種篩選到養殖模式讓大家知道這是友善環境的農產品，與一般商業化養雞模式作市場區隔，不僅自用無虞，也供應部落托育班學齡前兒童及老人共食所需，對外銷售更是一上架就被搶購一空。

除了「大武森雞」建立農牧循環模式，「大武森鮮菇」使用收成後的小米、紅藜稈材做為蕈菇太空包介質，則是部落建立循環農業的典範。部落最常種植小米、紅藜等作物，稈材具備多種活性物質，以禾稈作為介質，養出的蕈菇品質不亞於純以木屑為介質的太空包所產出。

屏科大經過兩年研發，做出獨特的紅藜稈太空包，在大武部落進

行蕈菇栽培，效果不錯。蕈菇收成後，其介質亦可回歸田間做為肥料，是循環農業的最佳示範，幫助族人增加多元收入。

「大武森鮮菇」不僅善用有機農業的廢棄物，有鑑於莫拉克風災後部落遷村所產生的廢棄房舍眾多，如果進一步活化作為菇舍，不僅可吸引年輕人回部落從事地方創生，產品也可以供應給台24線沿線或屏東市的餐廳業者，甚至發展做為加工食品。目前這項活化部落空屋的構想，已在大武、吉露、佳暮等部落進行試驗。

生態監測結合生物科技，森林永續利用

大武部落發展的另一項混農林業項目，則是臺灣特有種植物—山當歸（又稱「台灣前胡」）栽培，這原本是部落過去經常採集利用的野生植物，透過屏東科技大學協助從野生族群成功引種栽培，不僅可降低被採集的壓力，透過山當歸的成分分析研發做成特色食材，也提升山當歸的商業價值，改善部落經濟。

與山當歸類似的林下作物，還包括霧臺鄉的民族植物薑荷（ㄇㄨㄟˊ），是常見的藥膳食材，具有經濟價值，但部落過去以林下採集為主，並無栽培技術。因此屏科大社區林業團隊協助整合跨領域的產官學研，首先透過傳統知識選擇特色作物，其次導入農業科技，例如種植環境、種植技術、分析天然物成分、抗氧化力、還原力等機能性。

待薑荷栽種技術成熟，未來再輔以生態旅遊、環境教育、食農教育，透過有機農產品、綠色保育標章等驗證加值進行銷售，即可建立

萋萋的部落林下經濟六級產業化特色。

林下養蜂也被視為適合發展林下經濟的潛力產業之一，過去魯凱族與排灣族的傳統石板文化，曾孕育出獨特的野蜂資源利用方式。以屏東縣三地門鄉德文部落為例，搭建石板駁坎時，會刻意留下較大空隙，吸引蜜蜂築巢再取用蜂蜜，但只取走自己需要的量。

研究團隊估算，林下養蜂若能達到經營150個蜂箱的規模，就可以支持一對年輕人維持生計所需，是適合在部落進行微型創業的選項之一。但發展林下養蜂要同時搭配生態監測，包括蜜源植物供應是否足夠？因為蜜源植物不是會開花就好，還要看蜜蜂會不會採集花粉、花蜜。如果蜜蜂會利用該項蜜源植物，就要監測統計族群量有多少，適合放置多少蜂箱，千萬不可為求產量而忽略環境承載量。

推動林下養蜂也必須落實生態監測，才會思考造林與棲地經營的方式是否符合蜜蜂所需，不會隨便引入外來種。目前林下養蜂已在台24線及185縣道沿線部落進行，研究團隊試著在不同海拔、不同林相，研究蜜蜂在不同環境的適應狀況，因為養蜂的技術雖然差不多，但放在不同的環境飼養管理上仍需要調整。

此外，屏東科技大學也建立養蜂教學基地，開辦社區林下養蜂訓練班，讓全臺灣擁有森林資源的社區，有機會學習相關知識。屏東科技大學森林系畢業的助理廖晉翊表示：「過去大家會覺得森林系的出路就是林務局或種苗行之類的，現在學校有了養蜂課程，也讓學生多了一種技能。」

社區林業研究團隊推動「從三箱開始的甜蜜森林養蜂計畫」，上課固然重要，但如何深入山村部落實際操作，為不同部落產出各有特

色的森林蜜，開創國產蜂蜜的多樣性，改善部落生活，就是里山根經濟的價值與目標。

自從林務局2019年4月18日開放林下經濟申請後，屏東林管處與屏科大合作辦理過三梯次的森林養蜂工作坊，主要講授內涵為「林下經濟核心精神」、「臺灣蜂業現況」、「蜜源植物監測」與「養蜂實務操作」等四大主軸，讓原鄉社區部落居民能認識林下養蜂產業，培養森林養蜂人才，創造新的綠色經濟產業。

屏東林管處表示，森林的優質環境提供蜜蜂優良蜜源，也可透過蜜蜂授粉提升林木種子結實率與森林天然更新。森林豐富且多樣的蜜源植物（如：烏桕、羅氏鹽膚木、食茱萸、水錦樹及櫸木等原生樹種），不但可以為當地山村開發高品質的特色蜂產品，也可望創生有別於平地的山村產業，使當地居民獲得更多經濟收益。

2010年日本愛知縣名古屋市舉辦《生物多樣性公約》第10屆締約方大會提出「里山倡議」後，在臺灣已形成風潮。可以預見以社區林業為內涵的林下經濟、生態旅遊、混農林業、循環農業與里山倡議等概念彼此交融，發展而成的「里山根經濟」將會是未來極受矚目的趨勢。

這些林下經濟項目不僅開發部落具特色的一、二級生產，也利用既有生態旅遊發展的基礎，加入遊客至部落參與收成、採摘、體驗、認購等休閒體驗活動，為部落生計開闢一條新的綠色康莊大道。

協同經營：培力山村共「森」與創「生」

　　2009年莫拉克風災雖然重創台24線部落，但隔年林務局即依國際間推動里山倡議的精神，與屏東科技大學社區林業團隊攜手，在產官學資源與部落居民共同合作下深化社區林業，透過生態旅遊、林下經濟、循環農業等策略，建構出「里山根經濟」模式，為振興台24線山村永續發展而努力。

　　回首十年重建路，雖然受災居民遷至平地的長治百合部落園區，但族人心靈依舊牽掛在山林裡的家。以台24線最深山的霧臺鄉阿禮部落為例，族人基於對傳承魯凱文化的重視，在非汛期依然守在霧頭山腳下的祖居部落，並扮演起生態旅遊的領頭羊，串連大武、神山、德文、達來等其他部落，構成台24線生態旅遊廊道。

　　而霧臺鄉另一個全村居民返鄉重建的大武部落，除了文化上擁有獨特的大武語系，還保有21種珍貴的小米品系。居民齊心推動小米與紅藜復耕，在森林冠層下方栽培特有的民族植物「山當歸」，並以「大武森雞」為品牌，參與臺灣原生土雞保種與養殖，所衍生的農業廢棄物如紅藜稈，再作為太空包介質種植蕈菇，開創混農林業的循環經濟模式。

　　阿禮部落與大武部落從莫拉克風災後與林務局合作生態旅遊，到

從舊達來部落遠眺。

2014年成為林務局推動「原鄉參與里山倡議及協同經營模式」的試驗區，不僅扮演「里山根經濟」的火車頭角色，還將社區林業與里山倡議加以整合落實而成為瑰寶台24線的珍珠亮點，可說是公私協同經營共管山林的典範，也緩和過去因為山林利用而衍生的官民緊張關係。

保育新思潮—從隔離禁用到協同近用

臺灣土地面積約有六成是森林，廣大森林孕育豐富的生態系，與社會及經濟發展密不可分，尤其原住民部落大多位於山區，周遭圍繞國有林地，然而過去因為森林法的限制，居民利用森林資源常擔心觸法，引發官民衝突也時有所聞。傳統由國家主導的森林治理模式，造成政府與原住民族的對立，也不利於原住民族的社會文化及生態環境的發展。

臺灣百年來的林業發展，從過去的伐林到後來的育林及保育，政策具有強烈的實用主義（Utilitarianism）與保護主義（Protectionism）兩種取向：前者從國家政治經濟發展的角度強調森林資源本身的實用性及市場價值，後者力圖使自然免於人類活動的「侵擾」。然而，這兩者都未考量森林與周圍社區間緊密的共生關係，也少有在地居民發聲及參與的機會，尤其國外已有許多案例指出，將世居森林的原住民族隔離在外、由上而下的環境治理模式是難以永續的。林業經營缺乏在地住民的參與，不僅森林管理與季節性工作人力缺乏，也讓其他投機取巧者更容易從事盜伐林木等非法活動，反而與保育目標背道而馳。

圈地式的森林治理不僅限制原住民族利用傳統領域與資源的權利，加上原住民族在主流社會中被長期邊陲化，對其社會及文化發展也會造成長遠的負面影響，例如原居地人口大量外移帶來貧窮，文化傳承困難、傳統生態知識流失、傳統社會組織與規範的弱化，原住民族與國家的互不信任、族群對立也在此過程中加劇。

要使森林經營永續，並改善圈地式保育政策造成的問題，自1980與1990年代起自然資源的協同經營（Collaborative Management）模式在國際間興起。協同經營又可稱為共管（Co-management），

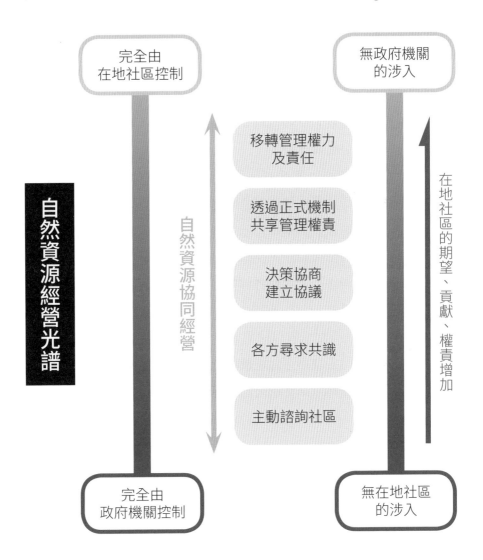

有別於過去由國家主導的環境治理模式，是政府將自然資源管理的權力與責任分配給有關社區、非政府組織，透過合作與溝通協商，共同分擔自然資源管理權責以及分享所帶來的成果。

臺灣有關自然資源共管的討論，最早可見於2000年的馬告國家公園芻議。國家政策主軸隨後出現政府與原住民族「新夥伴關係」的論述，並開始推動原住民族傳統領域繪製。林務局在2002年推動的「社區林業—居民參與保育共生計畫」，強調「林業走出去，民眾走進來」，鼓勵社區參與森林資源保育，並以「共管」為最終目標，期許社區與政府逐步培養夥伴關係。

另一方面，政府也開始修正自然資源管理法規，包括國家公園法、野生動物保育法與森林法部分條文，例如2003年修法後的森林法第15條首度出現原住民族傳統領域的概念。2005年臺灣原住民族基本法通過後，林務局依據原住民族基本法第22條所研定之「原住民族地區資源共同管理辦法」，透過各林管處與國有林地周圍原住民族部落建立資源共管委員會，作為部落與政府之間溝通協調平台。

2016年8月蔡英文總統以國家元首身份，對臺灣原住民族過去所遭遇的殖民歷史與各種不正義道歉後，林務局隨後預告「原住民族採取傳統領域土地森林產物管理規則」草案，計畫以申請與核發許可證的方式，開放原住民在國有林、公有林地合法採集森林產物；行政院也於9月通過野生動物保育法第51條之1修正草案，明定原住民族違反第21條之1第二項規定者之行政罰，日後違反該規定之狩獵者，將以不興訟為原則。行政院農業委員會亦於2019年7月14日發布「原住民旅依生活慣俗採取森林產物規則」，原住民族可依其生活慣俗包含原

①陳美惠親自說明成立大武部落自然人文生態景觀區的重要性。
②居民表達劃設大武部落自然人文生態景觀區的看法。

第七章│協同經營：培力山村共「森」與創「生」

住民旅傳統文化、祭儀或自用之非營利行為採取森林產物。

從社區林業、資源共同管理委員會的設置，到計畫開放原住民族採取傳統領域土地森林產物，臺灣在自然資源管理的政策及制度面已逐漸調整，目前相關法規也已具備擬定及運作共管機制的空間。然而這些法規與理論的真正落實，仍然面臨許多挑戰。究其原因，無論是制度面或實際操作層面，政府與部落形成共管機制需要建立在穩固的互信基礎及共識上，並非一蹴可幾。

里山倡議促進官民協同經營山林

為了讓公部門與部落在森林資源管理上建立共識，公部門所注重的生態保育、國土保安問題，應與部落的生活、生計關懷相互銜接，而里山倡議對「生活—生產—生態」一體的強調，可促進部落和官方形成共識基礎。部落在生態旅遊、循環農業的推動過程中，也能進行文化復振、培力及強化部落自主力，並運用傳統智慧結合現代科技，協助自然資源的永續發展，也能和現代森林治理進行結合。因此，部落在生活及傳統領域從事資源保育的努力，就需要政府及社會給予長期的支持及保障。

有鑑於目前臺灣的森林當中，有92.7%屬於國公有林，與原住民族的生活及傳統領域高度重疊。林務局管轄超過八成的國有林地，是自然資源協同經營領域最重要的政府機關。因此，將里山倡議精神與協同經營機制結合，具有以下幾點優勢：

一、協助公部門與部落建立共識與互信的基礎：部落與公部門是否

①阿禮部落居民組織巡守隊守護環境。
②部落居民進行生態觀察。

有共同的目標及合作的意願，是協同經營能否成功的關鍵。傳統林務機關的森林保育模式，著重對自然資源的保護和管制；而部落與森林的關係，則是長期與森林互動中建立的情感、文化、生活及生計需求。

當林務機關願意採納里山倡議的保育論述，開始支持有限度的山林資源利用，而部落族人也感受到公部門的轉變，並願意擔負生態監測及保育的責任，雙方長久以來的分歧將有機會產生交集，建立彼此合作與互信的基礎。

二、部落文化復振與培力：有不少人對於原住民部落之傳統生態知識、社會規範的快速流失存有疑慮，認為人與土地連結已式微，擔心部落尚未準備好足夠的能力及組織規範來參與協同經營。臺灣原住民族語言與文化傳承的斷層確實是部落正面臨的挑戰，然而里山倡議的推動同時也是部落文化復振、培力的過程。

部落族人將所記錄到的傳統知識，運用到農業復耕、生態旅遊產業發展中，可讓部落傳統智慧有復甦與應用的機會。部落內部也因為諸多溝通協調的機會，從中強化共同解決問題的向心力、自主力及集體規範。

三、整合傳統智慧與現代科技，使自然資源管理及利用更適應當代需求：里山倡議的精神，並不是要部落放棄一切現代科技。里山倡議強調傳統智慧與現代科技整合，主張自然資源管理及利用要能因應當代社會及生態需求而作出適應性的調整，例如鼓勵部落學習現代自然資源管理方法，運用GPS、照相機、GIS技術進行資源調查與監測，以確保自然資源利用的永續性。

這些知識與技術不只能回饋到部落本身，將來也能進一步與山林

①山川琉璃吊橋解說員說明。
②山川琉璃吊橋解說員實習培訓。

協同經營的實務工作結合。例如生態旅遊與監測的搭配可確保生物多樣性的維持；第一、二級產業的發展除了能支持在地生態旅遊，也能避免部落仰賴旅遊為單一生計而產生的風險。

四、政府與部落的夥伴關係可支持里山精神穩健發展：部落推動永續自然資源利用，整合里山倡議和協同經營與相關產業發展，需要來自大學、民間團體與公部門的各種專業技術及資源的協助。從阿禮部落與大武部落的經驗可知，部落對於生活及傳統領域的資源保育，也需要有政府法規的支持，避免不當的觀光行為對族人生活和當地環境造成干擾。因此，協同經營可以保障部落維持里山地景的努力。

社區林業需要輔導團隊長期陪伴

然而，里山倡議與協同經營的整合模式，目前在臺灣的推動仍有許多挑戰待克服，例如許多部落與政府之間的互信仍不足，也缺乏協助公部門和部落之間溝通協調的中介團體，使協同經營的合作關係難以啟動。許多大學研究團隊或NGOs雖有意陪伴、輔導部落，卻常因為計畫及經費的時效有限，計畫結束便退場，無法在部落延續成果及建立長期的信任。

尤其在發展部落產業的時候，也需要花費相當長的時間與部落溝通，因為對族人而言，投入新陌生的產業譬如生態旅遊，會有害怕失敗的風險，因此需要透過支援團隊長期陪伴累積成果，來吸引更多族人參與。

社區林業除了初期政府給予經費協助，當成果開始展現時，政府

在法律上能否積極做部落社區共同管理自然資源的後盾，也非常重要。部落社區運用自然人文生態資源去規劃有口皆碑的深度生態旅遊行程，讓生態秘境曝光後，反而湧入外地遊客干擾。一旦社區要總量管制進行收費，會遭到外界質疑憑什麼。

屏科大社區林業團隊當初協助社區在墾丁國家公園推動生態旅遊時，就遭受外地旅遊業者與遊客不理性的脫序行為對待而深受其害，不僅參與生態旅遊的社區被嗆、吵架，陳美惠與學生也常被抱怨這些生態資源利用為何獨厚社區？面對誤解，團隊成員也只能忍耐，因為生態旅遊還未成氣候，只有少數幾個社區在推動，誰在乎核心價值呢？

從墾丁的經驗一路走來十多年顯示，推動生態旅遊要收費，並不是為了營利，而是怕自然資源被過度衝擊，同時也保障顧客的安全與旅遊品質。但很多遊客缺乏尊重社區的觀念，不認為要聘解說員，自己高興怎麼玩就好，甚至車輛就開入社區狹窄的路徑造成交通問題，看到路邊漂亮的花草昆蟲就想要採抓，占為己有。

失序的旅遊行為不但破壞自然資源，也打擾部落社區的生活安寧，這都不是發展社區林業所樂見。因此政府如何在法令上賦予社區協同經營管理的依據，也是里山根經濟能否正向持續的關鍵。

墾丁推動生態旅遊面臨遊客擅闖或遊憩行為失當的亂象，後來透過國家公園管理處以依《國家公園法》、「墾丁國家公園計畫書第四次通盤檢討」及其他相關規定，訂定「墾丁國家公園生態旅遊活動實旅要點」授權處理解決。但一般地區非屬於國家公園範疇，目前僅可用《發展觀光條例》第19條劃設「自然人文生態景觀區」的方式，協

助部落社區取得法源依據進行自然資源管理。此舉可以對不當的觀光行為進行管制，遊客如果要進入自然人文生態景觀區範疇，必須依法聘請專業導覽員。部落社區依此也可對遊客收費，所得收入當中必須有一定的比例做為公基金，投入山林巡守。

莫拉克災後，台24線許多部落居民遷至平地的長治百合部落園區，原來在山區的部落頓時成為空城，因為無人看管，許多居民原來住家的門窗被撬開，遭外人惡意潛入偷走家具器物。以阿禮部落為例，近年就發生頭目家屋的石板被撬下搬走，還有阿禮國小九棵具有歷史意義的百年龍柏遭盜伐。這些事件背後都凸顯管制的必要性。

從「共管森林」到「地方創生」

推動自然人文生態景觀區，既可以落實遊客活動管制，又可以兼顧旅遊經營，所以部落居民、霧臺鄉公所、屏東縣政府與交通部觀光局茂林國家風景區管理處持續互動溝通，取得劃設的共識。目前霧臺鄉五個部落正與公部門及專業團隊積極互動及合作，屏東縣政府於2020年會銜公告「霧台鄉自然人文生態景觀區」，期待透過自然人文生態景觀區的劃設，規定旅客進出部落必須有在地專業導覽人員的陪同，以避免當地資源受到不當觀光行為的破壞，也能保障部落對於自身文化、傳統領域的詮釋權。

瑰寶台24線「里山根經濟」的推動，凸顯政府與社會在自然資源協同經營的討論上，應正視部落的生計需求，協助發展永續性的資源利用方式，透過里山活動的適度擾動，促進山林生態體系的活化與動

為劃設大武部落自然人文生態景觀區，團隊踏勘哈尤溪、舊大武地區。

態平衡，而不是一味認為阻擋山林資源利用就是保育。尤其公部門在推動地方創生的目標下，運用里山倡議與協同經營的行動策略應有長遠規劃，讓部落族人或社區居民充分參與每個環節的討論和行動，使行動能真正滿足部落需求。

此外，扮演橋梁角色的非政府組織或團體，要能促進部落社區與政府的溝通，串連不同專業協助部落產業發展，促進部落資源與人的整合及培力，才能順利走出「共森到創生之路」，達成共管山林兼顧活化山村的目標。

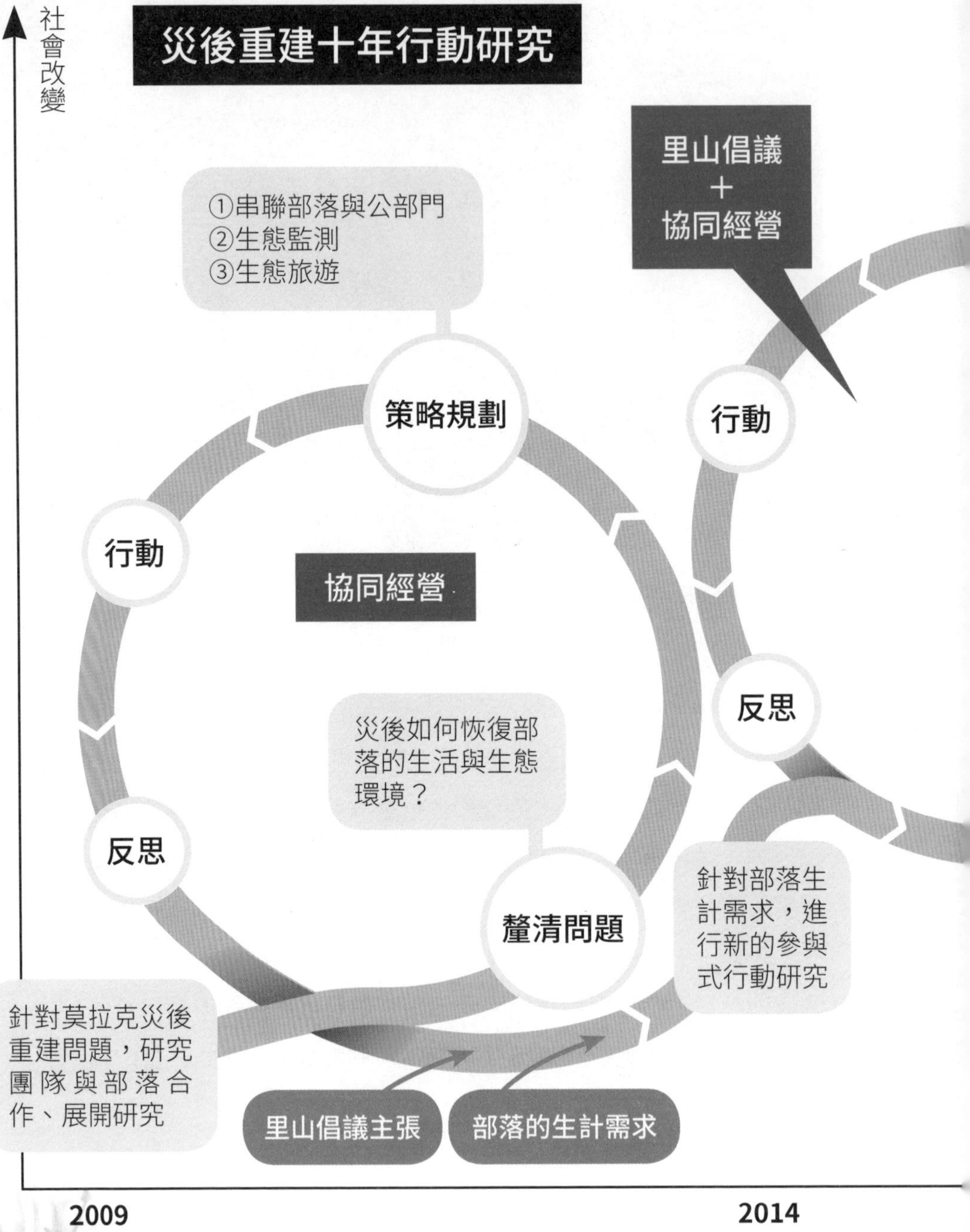

災後重建十年行動研究

社會改變

里山倡議
＋
協同經營

①串聯部落與公部門
②生態監測
③生態旅遊

策略規劃

行動

行動

協同經營

反思

災後如何恢復部落的生活與生態環境？

反思

釐清問題

針對部落生計需求，進行新的參與式行動研究

針對莫拉克災後重建問題，研究團隊與部落合作、展開研究

里山倡議主張

部落的生計需求

2009

2014

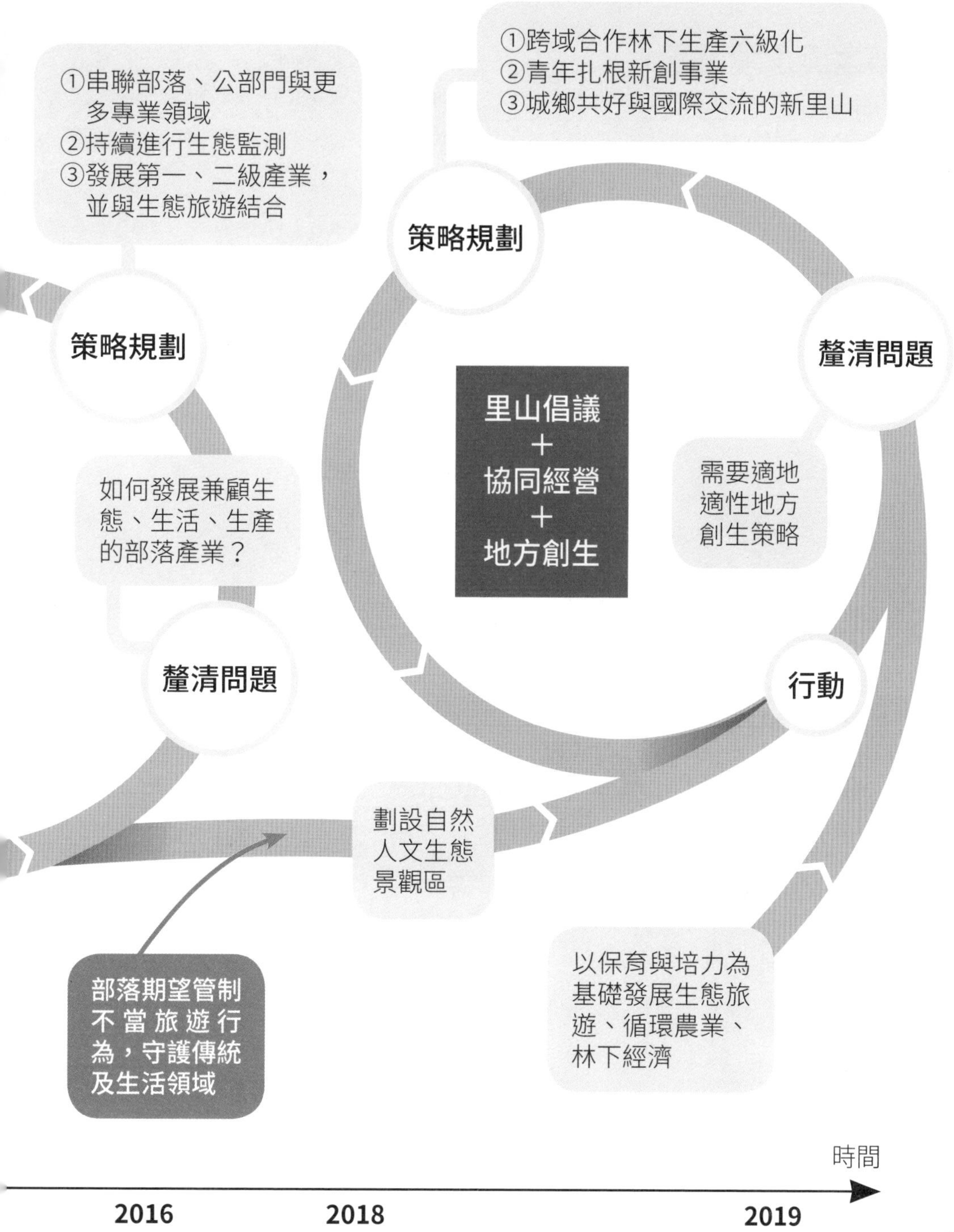

①串聯部落、公部門與更
　多專業領域
②持續進行生態監測
③發展第一、二級產業，
　並與生態旅遊結合

①跨域合作林下生產六級化
②青年扎根新創事業
③城鄉共好與國際交流的新里山

策略規劃

策略規劃

釐清問題

里山倡議
＋
協同經營
＋
地方創生

如何發展兼顧生
態、生活、生產
的部落產業？

需要適地
適性地方
創生策略

釐清問題

行動

劃設自然
人文生態
景觀區

部落期望管制
不當旅遊行
為，守護傳統
及生活領域

以保育與培力為
基礎發展生態旅
遊、循環農業、
林下經濟

時間

2016　　　　　　2018　　　　　　　　　　　2019

131

部落與永續發展

里山倡議精神在阿禮、大
武、達來、德文等台24線
沿途部落綻放，山林守門
意識興起，譜出永續和諧
的生命之歌。

第八章

阿禮部落─破碎山河中的熠熠保育星光

　　霧臺鄉阿禮村是台24線海拔最高、最靠近中央山脈的魯凱部落，儘管十年前受到莫拉克重創而使部落被迫遷移至平地的長治百合部落，但這群魯凱子民沒有忘記山林裡祖靈地，積極投入生態旅遊的發展，作為文化、心靈與環境重建的策略，獲得2013年國家永續發展獎行動計畫類第一名的殊榮，可說是破碎山河中熠熠生輝的保育星光。

　　阿禮再起的過程，可說是一首敬天愛地、永續和諧的生命之歌，隱含了三層意義：第一是個人層次，也就是當面臨生活的重大打擊，生命要奮力再起；第二是族群層次，亦即天災衝擊了族群文化的傳承，原住民長老與有識之士要找回流失的文化，讓族群的生命再起；第三則是地球暖化帶來極端氣候，讓人類必須重新省思與環境的關係，一改掠奪式的經濟思維朝永續發展，讓大自然生命再起。

雲端上的阿禮部落

　　阿禮部落原鄉位於隘寮北溪上游、魯凱族聖山霧頭山的西北側，座落於小鬼湖林道入口，海拔約1,200公尺，是台24線海拔最高的部落。部落居民主要為魯凱族人，語言屬於霧臺魯凱語群，具有世襲的

春天阿禮部落櫻花盛開，美不勝收。

頭目制度，人口約 350 人。

　　相傳阿禮（發音Adiri）地名的來由有兩種說法，一是源自於霧頭山（發音Idiri，意為尖刃之意），故以Adiri命名之。又有一說是先祖眼見如此美地，不禁喊出：Tadidirivane，意為令人流連忘返之意，而簡稱 Adiri。

　　阿禮村主要由兩個聚落所組成，分別是上部落（Balio，發音巴

里歐）與下部落（Wumawuma，發音烏瑪烏瑪，意指農田），兩處相距約300公尺。傳統的頭目家屋、天主教會和安息日教會都位在上部落。

就自然環境而言，阿禮部落原鄉四面環山，傳統領域鄰近臺東縣卑南鄉，西南方從霧頭山向井步山延伸至稜線與好茶村為界，鄰近吉

阿禮部落居民具有與生俱來的好歌喉。

露部落，與林務局所管轄的國有林地高度重疊。由於原鄉周邊土地及傳統領域大多位於國家森林區域，阿禮部落的發展與林務局的森林資源治理關係密切。

目前除了部落附近的農田還在耕作之外，較外圍的早期開墾地已慢慢演替為次生林，呈現多樣而豐富的棲息環境，孕育種類繁多的自然資源。更遠處的山林，是部落傳統的獵場，也是現在的國家森林區域及大武山自然保留區，其自然資源豐富所呈現的生物多樣性，是阿禮部落得天獨厚的資產，具備發展生態產業的潛力。

有鑑於阿禮部落鄰近雙鬼湖野生動物重要棲息環境，不論扮演保護區守門員的角色或從環境文化資源的豐富與獨特性，都具備發展生態旅遊的條件，因此2008年即由屏東林管處及屏科大社區林業研究團隊陪伴，發展生態旅遊。

然而，正當一切就緒準備對外經營時，阿禮部落遭到莫拉克風災嚴重打擊，災後族人四散，不僅導致生態旅遊推動工作停擺，部落也面臨著存亡的歷史交叉點，因為極端氣候變遷帶來的災害越來越猛烈，受害最深的卻是山林裡的原鄉子民，災後環境生態雖然隨著時間推移可逐步恢復，但原鄉部落若是失去經營，族人離開祖居地遷移到平地永久屋生活，恐怕造成文化傳承流失。

面對此一危機，阿禮部落包基成頭目、屏東林管處與屏科大森林系陳美惠教授徹夜促膝長談部落未來，討論出「留下文化傳承與部落永續的種子」、「部落原鄉是母親、永久屋基地是孩子，台24線道為臍帶串連」、「留住原鄉部落，是部落的雙重保險，也讓未來找得到回家的路」的共識，因而林務局在2010年做出關鍵決定，支持留居原

鄉的部落族人，透過災後山林巡護、監測行動，加強收集部落傳說故事、狩獵文化、山林知識，將知識活化，重建生態旅遊服務體系。

雖然災後復建百廢待舉，相當程度壓縮居民參與監測的時間及意願，所幸當時阿禮村村長唐輝次、社區協會理事長柯清雄、鄉民代表兼協會總幹事包明堂、部落大頭目包基成與其他理監事等成員，組成「阿禮部落原鄉重建小組」，協助原鄉居民推動生態旅遊與監測等工作，並逐漸擴大永久屋居民參與原鄉重建事務的能量。這些工作一步一腳印的帶領阿禮部落走出災後陰霾，藉由發展生態旅遊逐步朝向永續部落的發展方向。

留居原鄉的族人，除了接受生態解說服務訓練之外，也參與文創商品的開發、歌謠記錄，並與移居長治百合永久屋基地的族人共組「阿禮風古謠樂團」，透過音樂拉近原鄉與遷居族人間的關係，療癒族人在風災所受的創傷及隔閡。他們用生態監測、生態復育與生態旅遊的方式，幫助受創的原鄉重新站起，讓山林恢復青綠生機，讓原民文化永久傳承，讓部落生活永續共榮。

走一條與山林超限利用不同的生態永續之路

在林務局的經費支持下，阿禮部落居民組成巡守隊，每月執行15天次的山林環境監測，詳實記錄周遭動植物及環境變化，將監測結果回饋成為生態解說的內容及環境保育的基礎，並建立社區巡守隊，共同守護「雙鬼湖野生動物重要棲息環境」。

透過生態旅遊，部落居民將守護環境與生態調查、監測的結果，

以在地智慧與永續旅遊的方式，與外來的遊客分享，藉此讓外界認識臺灣山林多樣的動植物資源與多元文化，也讓留在原鄉生活的居民能夠自力更生，成為守護山林與傳承文化的第一線中堅份子。

生態旅遊的發展必須奠基在扎實的生態監測與生態復育行動中。過去的山林旅遊模式是帶入大量遊客，以致交通壅塞，而為了容納大量人潮與車潮，又在環境脆弱的山林裡導入大量的工程建設，不斷地拓寬道路與興建旅館，以致面對颱風或大雨時不堪一擊。此外，許多業者為了迎合大眾喜好，把許多平地的事物複製到山林裡，使每個地方特色趨於雷同，真正的原住民文化反而被忽視。

但是阿禮部落發展生態旅遊的模式有別於大眾觀光，不但要對出入遊客數量進行總量管制，讓山林喘息，避免重蹈過度開發的惡果，另一方面也藉由在地原住民的解說導覽，讓遊客對原鄉文化與山林生態能有深度體驗與真正認知，將收益回饋給守護家園的原住民，鼓勵他們再投入生態監測與環境復育。

提出「原鄉不棄，文化不滅，魯凱永續，打造母子臍帶相連的生命共同體」的阿禮部落自救委員會委員、魯凱民族議會主席包基成，同時也是部落參與生態旅遊的核心人物之一，因為他不但是阿禮部落第六代的大頭目，扮演部落大家長的角色，他還維護著家鄉具有一百八十年歷史的頭目家屋，一座傳述魯凱族傳說與文化的石板屋。

每當包基成穿著魯凱傳統服飾在頭目家屋向移居外地的孩子們講解魯凱傳說與傳統知識，透過生態體驗讓孩子知道獵人的山林智慧，看到孩子們專注聆聽的眼神，更堅定他守護原鄉祖居地的意志。

與包基成有相同看法的也包括上部落居民包泰德、古秀慧夫婦。

①雲端上的阿禮部落。（圖／劉敬端攝影）
②魯凱族認為百合象徵潔白無瑕。

阿禮部落雖然大部分人口遷移到平地的長治百合部落園區，但包泰德、古秀慧夫婦是留守在原鄉經營的園丁，延續著阿禮部落文化的根，實踐著包基成所說的「原鄉不棄，文化不滅，魯凱永續」。

守護原鄉山林，忠於自己內心的呼喚

莫拉克風災後，包泰德與古秀慧夫婦不願捨棄部落的自然環境與文化記憶，仍然留在山上生活。他們除了維持接待家庭經營小而美的規模，並與屏科大社區林業團隊合作，針對山上的自然資源進行生態監測與發展生態旅遊，維持一定的經濟收入。「我會跟遊客說，這裡會是個很安靜的地方，如果他們願意接受，那可以來這裡休息放鬆，」古秀慧說道。

來到稣木谷民宿，房門一打開就看到對面群山環繞，雲霧繚繞。因為坐擁這片山林，讓古秀慧認為自己的接待家庭很有特色，因為阿禮部落雖然沒有什麼商業娛樂活動，但旅客來到接待家庭只要看看山、三五好友聊聊天，就能放鬆心情。因此來稣木谷的客人，絕大多數都還是回流客。

即使莫拉克風災造成阿禮部落聯外交通中斷，過了颱風季節後，不習慣平地生活的包泰德夫婦還是會選擇回到部落過簡單生活。「在山上多涼快，不用開冷氣就可以享受清涼的新鮮空氣，種些簡單的農作物就可以過活，每天聆聽蟲鳴鳥叫，生活簡單卻很愜意，這是在平地動輒就要花錢的生活型態所無法比擬的，」古秀慧解釋她們夫妻倆為何要回到山上的原因。

回到部落的包泰德夫婦並沒有閒著，不僅協助林務局監測國有林班地與崩塌地的狀況；風災過後，部落空蕩蕩的，除了獼猴與山豬在逛大街，卻也見到外地獵人疑似進入部落附近林班地盜採靈芝所遺留下來的垃圾。因此，包泰德夫婦留居山上，也守護著部落山林。山林如果沒有類似包泰德夫婦等原住民部落居民協助守護，山老鼠就會長驅直入。

雖然穌木谷接待家庭走出自己的特色，但每年6至10月遇到颱風汛期，台24線行經吉露與阿禮崩壁的路段，仍可能受大雨影響中斷。因此只要一發布陸上颱風警報，不但留居在阿禮部落的族人得下山避災，更不用說開放讓遊客上山。因此氣候與路況，仍成為接待家庭經營的最大限制。

為了讓山居歲月也能維持經濟收入，包泰德與古秀慧夫婦除了經營接待家庭，也種植愛玉。包泰德說，愛玉是部落很早期的經濟來源之一，早在幾十年前，經常有外地人來收購部落居民採集的野生愛玉。不過愛玉屬於爬藤植物，在野外高攀在樹上，雖然品質好、價格高，但採集時相當危險。現在他嘗試將愛玉種在梯田的石牆上，好採集也較好管理。

除了種植愛玉，包泰德夫婦也與屏科大合作，嘗試種植特用作物如金線連及養蜂，發展林下經濟的可能。

在經營民宿與種植農作物的空檔，古秀慧也嘗試利用手工皮雕製成皮製書夾、書套。在古秀慧的巧手工藝下，阿禮部落的動植物與特色人物，成為手工皮雕圖案的主角。她希望這項實用與文化獨特性高的工藝作品，能夠成為汛期無法留居部落期間的工作重點，也希望成

走一條共森到創生之路

包泰德、古秀慧夫婦過著山居歲月。

為民宿與農作物以外,新的經濟收入來源。

　　古秀慧認為,阿禮部落涼爽的天氣跟環山的景色,再加上擁有三百多年魯凱歷史的部落,文化資產相當豐富,只要台24線道路狀況持續逐年改善,無論推動生態旅遊,種植特色農作物或發展文創商品,都有助於阿禮部落發展小而美的經濟模式。

不同於其他高山地區為發展觀光而大量建設民宿或道路破壞環境，包泰德夫婦在阿禮部落經營小而美的山村生活體驗，接待國內外小眾的生態旅遊團體，其中大部分都是依戀著阿禮美景的熟客，包括在大陸工作返臺度假的台商，也有喜歡在世界各地旅遊的波蘭人。

更令人感動的是，喜歡來臺灣賞鳥的七旬日本夫婦豐田英臣，愛上了阿禮部落豐富多樣的鳥種，捐助3萬3000元新台幣協助包泰德夫婦在內決定留在阿禮的村民，為維護阿禮部落的生態盡心意。

「背負著傳承魯凱文化的使命，眾人對恢復阿禮山林的美好期待，我們不能放棄屬於自己的原鄉，」每週有三天在山上監測環境的包泰德夫婦說出自己對阿禮災後重建的使命。

生態監測成果成為生態旅遊後盾

透過林務局的支持，阿禮部落監測他們早已熟悉的生態環境，注意並記錄周遭動植物及環境變化。動物監測計有51種鳥類、11種哺乳類、兩棲爬蟲類6種；針對60種植物詳實記錄其的開花、結果、萌芽、落葉的結果，讓保育工作不中斷。

同時，透過社區協會組織有效的參與管道，將魯凱文化傳承充分融入阿禮部落發展，部落耆老協助創立阿禮風古謠樂團，收集古謠超過15首，部落居民曾在林務局舉辦的「社區林業十年回顧與展望研討會」記者會中，主動協助開幕表演，渾厚質樸的歌聲裊繞於會場，令與會人員為之動容。

為了避免道路建設帶入過度開發，阿禮部落居民主動以傳統的自

走一條共森到創生之路

然工法維護路基超過2公里；架設具部落特色的生態人文解說牌至少10面，豐富了當地的解說素材，充實部落的原鄉生態旅遊及相關產業；汛期則於平地避災，發展文創商品創作及部落文史採集、傳承與推廣工作。這些變化也使得雙鬼湖野生動物重要棲息環境再度發揮森林公益功能，實踐人地和諧共生的永續典範。

部落在原鄉重建與生態旅遊發展過程中，內部雖有誤解與衝突，但也透過積極的協商，讓部落有重新凝聚的機會。在推動初期居民對於社區參與監測的議題並不瞭解，因此需要藉由會議說明討論，再進行監測人員招募。

考慮實務操作可行性，執行阿禮部落環境監測工作的核心監測人員以包泰德與古秀慧為靈魂人物，帶領包明忠、包春三、沙惠良等三位部落留居原鄉居民執行監測工作。

為了結合部落生態產業創造計畫效益，參與監測的部落居民，在監測工作之餘，需進行部落及周邊區域生態綠美化、生物棲地營造、傳統古道維護等工作，以改善社區整體環境；同時規劃生態旅遊相關教育課程培養監測人員生態旅遊服務技能，以提升生態旅遊服務品質。種種工作的規劃與推動，無非在於為阿禮部落災後找尋新的生態旅遊模式，同時達到監測與生態旅遊相輔相乘的效果。

2012年2月20日，阿禮部落居民於莫拉克災後首次召集原鄉與永久屋居民，共同接待日本仙台市大專青年團參與生態旅遊。接待過程中，雖然將阿禮部落的生態與文化之美讓到訪者印象深刻，但也發現生態旅遊存有服務人力不足問題，加上3月阿禮部落居民實際回鄉參與巡守工作時，體認到災後離鄉兩年對於部落文化與生態資源皆有所

遺忘，於是在阿禮部落原鄉工作重建小組會議，主動提出培訓部落解說員的需求。

在部落族人的積極期盼下，研究團隊與阿禮部落社區發展協會當年9月份起，進行部落生態旅遊解說員培訓，在短短62小時的課程時數中，包括室內課程、座談與分組討論38個小時與實地戶外訓練24小時，授課對象包含從事相關產業的部落居民、監測人員與巡守隊隊員等，每個學員都勤於提問，也對部落生態旅遊的推動提出想法。

除了積極發展生態旅遊，2014年阿禮部落成為林務局「原鄉參與

阿禮部落大頭目包基成歌嗓渾厚。

走一條共森到創生之路

里山倡議及協同經營模式」試驗區後，部落一、二級產業的發展與穩固，也成為主要推動方向。由於阿禮族人大多遷居永久屋，也在山下發展新生活，目前能留在山上原鄉發展產業的人力有限，因此發展林下經濟與小規模的友善環境農業，是部落環境承載力及人力限度內的最佳選擇。

阿禮部落主要經濟作物為愛玉與紅肉李。其中愛玉結果季節在9至10月，紅肉李在4至7月份，屏科大團隊以社區參與監測為策略，同時輔導居民從事友善耕作，不僅協助林務單位保護部落周邊森林，藉由監測培育部落經營自然資源人才，為日後社區自主經營生態旅遊奠定經濟根基。

阿禮部落在莫拉克風災前以紅肉李為主要的經濟作物之一，村民於70年代開始種植紅肉李，已有 30年以上的栽培歷史。阿禮部落的海拔較高，除了氣候適合紅肉李生長之外，加上溼度夠所以不用澆水。長年以來，村民種植任何作物都不使用農藥，讓作物自然生長，因此土壤沒有過度使用，自然肥沃。村民在管理上不施肥、不澆水和不使用農藥的情況下，阿禮的紅肉李卻結實累累，且甜度相當高，連未熟的李子都不太酸且有甜味，熟李甜度更高。

莫拉克災後因道路問題，曾經一度中斷紅肉李產業。為了重振原鄉發展，部落族人決心回原鄉耕種紅肉李果園，在執行保護區生態監測工作之餘，阿禮族人也努力恢復與維持農田的生產、生態與景觀功能，為打造部落紅肉李六級化產業而努力。

屏科大研究團隊為了提高阿禮部落農產品價值，從2015年協助阿禮部落原鄉紅肉李進行有機驗證，協助採樣送檢工作，第一年輔導5

位農民，第二年增加了2名，共有7名農民共同配合，土地驗證總面積為2.5224公頃。

屏科大團隊也和族人一起調查林下養蜂和中藥草利用的傳統知識，進行初步施作和試驗種植，同時也與屏科大農園生產系王均琍教授及蕈菇業者合作，以小米稈和紅藜稈製作蕈菇太空包，未來將利用原鄉廢棄的房舍作為蕈菇栽培場域，以資源循環再利用的形式，發展新型的原鄉產業。

守護山林家園面臨的挑戰

然而在部落積極發展生態旅遊與林下經濟的有機友善農業時，原鄉因為缺乏出入管制，遊客與外人隨意進入，陸續傳出百年頭目家屋石板護牆遭竊，甚至阿禮國小有九棵百年龍柏遭到盜伐，看在族人的心裡氣憤莫名。阿禮部落包基成頭目指出，以前便曾有族人家屋頂上的大塊石板被遊客拿走，讓他們既氣憤又無奈。

包基成指出，近幾年來阿禮部落配合觀光開放後，不少民眾會在過年前上山賞櫻，當中便有缺乏公德心的民眾把一旁住家的屋頂石板給拿走。現在竟然把大塊石板與百年龍柏盜走，動機為何？實在讓部落居民百思不得其解。

包基成指出，上山遊客基本上可分成幾種型態：一種是有請導覽解說員在旁介紹部落風土，通常這類遊客較守規矩。另一種是會開著休旅車攜家帶眷，載著鍋碗瓢盆野炊，這種家庭會直接入侵當地民宅的庭院就席地泡茶聊天，完全不尊重在地居民。更誇張的他們還曾看

走一條共森到創生之路

過登山裝備很高級，看來很有環境意識的登山背包客，卻連地拔起野花、樹苗想要帶下山。

「到一地旅遊的基本觀念不是只留足跡，不帶走任何東西嗎？為何這樣的規則會這麼難遵守？」包基成問道。

石板遭竊的阿禮部落百年頭目屋家屋外有兩個祖靈柱，屋內保留著象徵魯凱族頭目身分的飾品、器皿和獸牙等，是許多遊客上山會參訪的熱點。頭目家屋旁有座庭院是阿禮部落的文化廣場，「族人們會在這裡舉辦重大慶典、討論部落事務、分享生活，甚至耆老上課也都選在這，」包基成說。

但文化廣場上的石板椅背竟莫名遭竊，讓族人錯愕不已。包基成說，這樣的石板根本換不到多少錢，如果是要拿來當作烤肉石板，其實山下專賣店到處都是，若是遊客到此一遊而搬走的「紀念品」，真的讓族人很傷心。

小小一塊石板椅背看似平凡，但對阿禮部落來說卻是思念部落親人的歷史回憶。包基成解釋，這片石板椅背的後方是個懸崖，二十多年前賀伯颱風曾沖毀這裡，為了重建，他父親一輩的族人於是到部落的碎石採礦區敲敲打打，一片片累積、小心翼翼運回庭院，再訂製成一塊塊石板，為了安全，他們還在石板椅背後填上水泥，因此它既是座椅也是護牆。

包基成強調，雖然現在有切片機器，但族人採用傳統工法，製作這樣的石板不是一朝一夕就可完成，尤其這裡是文化祭典的地方，此刻的心情就像「你要到祖先的墓碑慎終追遠，卻發現有人盜墓把墓碑偷走一樣，神聖的領域被破壞了。」

包基成說，霧臺鄉幅員遼闊，但這些年來警察分駐所一直裁撤，現在只剩約4名警察駐守，再加上山川琉璃吊橋啟用，進行交通管制時只剩兩名警員派駐，顯見警力不夠。「我為了石板座椅被偷報警時，警方也很無奈，」他回憶起當時報警時，警察的無力感。

在多數族人搬遷下山後，在原鄉不時發生非法狩獵、文物竊取及遊客任意進出的情況，族人決定進行義務性的巡守，因此於2012年11月正式啟動「阿禮部落巡守隊」。

有鑑於外地遊客失序的行為層出不窮，忍無可忍的族人也期望藉由法律途徑來管制這些行為，守護他們在原鄉的資源。這樣的期望醞釀了阿禮部落對於劃設「自然人文生態景觀區」的期待，在2015年部落會議中通過決議，決定將原鄉依《發展觀光條例》劃設為「自然人文生態景觀區」，藉以管制外來訪客的不當遊憩行為，並保障部落守護在地資源及發展生態旅遊的努力。

根據交通部觀光局《發展觀光條例》的條文，成立「自然人文生態景觀區」效力等同保護區，不但在人數上可進行總量管制，旅客進入需申請專業導覽人員陪同，私自闖入者恐依法吃上3萬元的罰款。

包基成說，阿禮部落上方是世界文化資產「好茶部落」，若阿禮部落能做好生態旅遊的角色劃設為「自然人文生態景觀區」，也能保護到上方的好茶部落。他感嘆，但願這是能解決現在遊客到訪隨意破壞環境的方法，他知道99%遊客都是善良、愛護大自然的，但總會有一些破壞者扮演老鼠屎的角色，希望來訪者還是能謹記互相尊重的原則，讓環境能夠永續發展。

劃設「自然人文生態景觀區」的構想，在2016年陸續經由屏東縣

霧臺鄉阿禮、大武、神山、霧臺、舊好茶等五個部落通過部落會議，透過霧臺鄉公所提出「自然人文生態景觀區劃定計畫」申請，中央歷經三年研擬、協商，於2019年9月通過劃設案無異議通過，成為全台第一個原住民鄉鎮成立的自然人文生態景觀區，由屏東縣政府公告後實施。

小結：公私協力共管山林的典範

阿禮部落歷經莫拉克風災，仍維持著與公部門與學術單位的合作關係。透過林務局經費的支持，部分族人藉由災後保護區生態監測計畫，獲得返鄉的正當性和經濟支持，並以生態旅遊為災後重建策略，維繫阿禮部落與原鄉山林生態的連結，保存原鄉的里山地景。部分族人至今仍在原鄉努力維持農田的生產、生態功能，改善農產品加工、銷售機制，並探索林下經濟的可能性。

族人在災後重建的過程中，努力維持友善環境農田的生產、生態功能，改善農產品加工、銷售機制，並探索林下經濟的可能性。無論是產業發展或山林資源的使用，部落都需要外界專業技術、法規或是資金的支持，因此屏科大社區林業團隊會針對部落的需求，積極促成部落與政府、民間團體或學術單位的合作，特別是維繫林務單位與部落之間的互動。阿禮部落在原鄉重建與生態旅遊發展過程中，內部雖有誤解與衝突，但會透過積極的協商，讓部落有重新凝聚的機會，也可說是公私協力共管山林的典範。

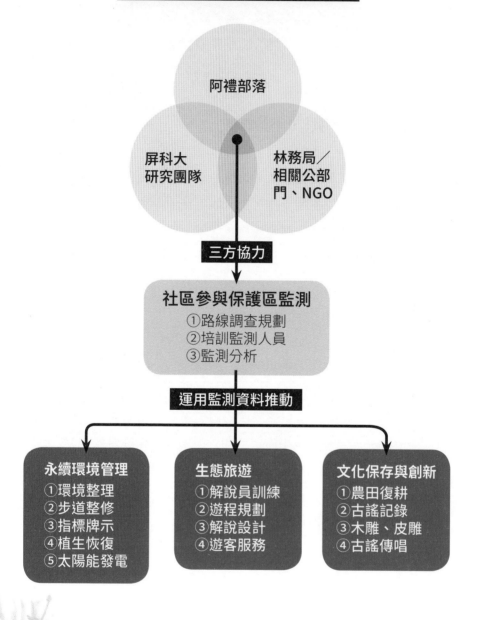

阿禮部落公私協力典範

阿禮部落

屏科大研究團隊

林務局／相關公部門、NGO

三方協力

社區參與保護區監測
①路線調查規劃
②培訓監測人員
③監測分析

運用監測資料推動

永續環境管理
①環境整理
②步道整修
③指標牌示
④植生恢復
⑤太陽能發電

生態旅遊
①解說員訓練
②遊程規劃
③解說設計
④遊客服務

文化保存與創新
①農田復耕
②古謠記錄
③木雕、皮雕
④古謠傳唱

走一條共森到創生之路

生態旅遊發展附加內涵

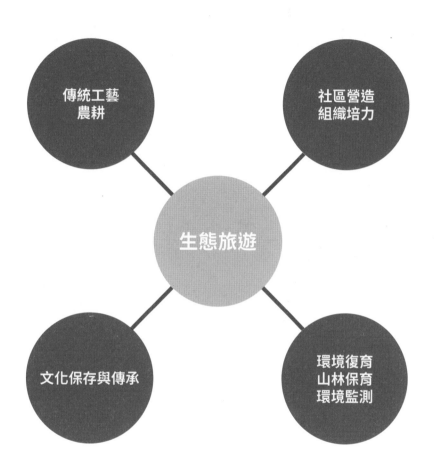

傳統工藝
農耕

社區營造
組織培力

生態旅遊

文化保存與傳承

環境復育
山林保育
環境監測

阿禮部落位於台24線的終點，守護中央山脈鬱鬱山林。昔日莫拉克風災造成的崩壁，仍歷歷在目。（圖／張大川空拍攝影）

Sasadra古道

在過去，這條古道是連結部落內部，四通八達的古道，是獵人或下田耕種的族人回家的必經之路。在中途休息站，族人會在這裡互相傾吐今天遭遇不順利，除去這些負面情緒後，再把好心情帶回家。 Sasadra古道由先人就地取材以石板堆疊而成，利用這種工法創造許多微棲地，適合小動物棲息，因此才讓阿禮的生物資源如此豐富。

走在步道，不時可以聽見周圍的蟲鳴鳥叫，隨地可見小型哺乳類所留下的獸徑。

天主教堂

　　部落內有安息會日、循理會、天主教三個教派,而禮拜時間都不一樣。天主教教堂前的這棵榕樹,過去是小朋友聚集的場所,成群盪鞦韆玩樂,解說員笑著說這裡曾有好幾個小孩子從樹上掉下去摔破頭或摔斷手的。那時候,部落較貧困也沒有零食,所以常會將榕樹小枝條上的樹皮剝下來當口香糖吃。

　　掛在榕樹上的銅鐘,是過去為了集合村民時候設置。以前沒有廣播系統,村民就在敲響銅鐘後,對著下部落伸長喉嚨氣飽丹田地呼喊來宣布事情。

頭目家屋

位於上部落的頭目家屋，堪稱是最完整且活生生的博物館，也是西魯凱族僅存少數完整的傳統石板屋，裡裡外外都是無價的寶物。從家屋外的祖靈柱，以及具有高地落差的台階設計，都是傳統魯凱族階級制度之象徵，低矮的家門是為了防禦所做的設計，以便於在石板屋中的族人有時間反應敵人的突襲。頭目家屋在頭目家族的解說之下，象徵頭目身分的飾品與器皿更顯莊嚴與神聖。

賞花、賞鳥、賞蝶

　　1至3月份為阿禮部落適合賞櫻季節；3至5月為榕屬植物（榕樹與雀榕）與山櫻花結果期，適合到阿禮部落賞鳥季節；誘蝶植物開花季節集中於5至10月，適合喜歡賞鳥、賞蝶的遊客造訪。

紅肉李採收體驗

　　紅肉李是部落三十年前引進阿禮部落，為了展現阿禮部落紅肉李園復耕及生態旅遊之推動成果，透過公部門與社區的合作關係，打造適合原鄉部落環境友善的產業，也讓遊客了解紅肉李的生長環境及栽種過程。

小鬼湖是魯凱族的聖地，也是高屏溪支流隘寮北溪的源頭，孕育豐富生命。（圖／張大川空拍攝影）

第九章

大武部落—靠山吃山也能森活永續

　　2009年莫拉克風災重創南臺灣，屏東霧臺鄉大武部落是受創山區少數未遷移到平地永久屋的原住民部落。長久以來，維持傳統農耕的大武部落，以保有多樣化的小米品種聞名，居民災後不僅積極復耕小米、紅藜等傳統作物，也和屏科大社區林業團隊合作打造「小米故事館」，保留21種小米品系，展示小米從開墾、播種、趕鳥、採收的過程，甚至還發揮創意，將小米製成壁飾與吊飾等文創商品。

　　在復耕傳統作物建立的基礎上，大武部落更進一步與林務局及屏科大社區林業團隊合作，運用里山倡議的精神發展混農林業的林下循環經濟模式。大武森雞、山當歸（台灣前胡）、大武森鮮菇等部落獨特的新產品問世，不僅代表族人投入災後重建的努力，更說明產官學勇於合作創新，可以走出一條永續森活的里山根經濟之路。

→大武部落對外聯繫交通要道——古仁人橋。

不畏風雨堅守原鄉，以里山倡議延續傳統文化

　　大武部落魯凱族語為Labuwan，意指「原本就在這裡」，又有「善於狩獵與農耕的大聚落」的涵義，坐落於霧臺鄉東北方，面積共13,519 公頃，占全鄉45%，是霧臺鄉面積最大的部落，現在實際從事農業耕作面積約20公頃，約占霧臺鄉實際耕地面積19%。

　　大武部落坐落於群山環繞、海拔高500公尺的平坦台地上，屬於隘寮北溪流域，自1947年從深山舊大武部落遷移到現址，亦有少數從舊部落達德勒遷出。現由東川巷與小山巷兩聚落所組成，以小山巷為行政中心。歷經莫拉克風災，部落雖然有三戶房屋遭到土石掩埋，所幸地基未受影響，未被劃定為特定區，因此居民能留居原鄉。

大武部落是霧臺鄉面積最大的部落，有「霧臺糧倉」之稱。（圖／張大川空拍攝影）

部落戶籍人口約500人，災後住在部落的居民以中老年為主，約80至100人。青壯年雖然為了工作、求學而散居在外，但部落因堅持傳統，保留祖先的生活方式，大武部落仍保有頭目制度，尊重階級，生活圍繞在魯凱文化。由於大武部落的語言屬於自成一格的大武魯凱語群，和其他霧臺鄉魯凱族的語系相當不同，文化斷層一直是部落的隱憂。

　　被視為霧臺糧倉的大武部落，內部及周邊有小農種植小米、芋頭、紅藜、野菜等作物的耕地，周邊以外為次生林。部落的傳統領域除了少部分為原住民保留地外，大部分為國有林班地，由屏東林管處管轄。部落每兩個月有部落會議、傳統禮俗會議及防救災機制小組、汛期部落中繼委員會、農耕組、產業組、文化組、影像紀錄組等，除了積極研討部落重建及未來，更是推動產業重建的核心。

　　有過與阿禮部落合作的成熟經驗，屏科大團隊自2011年起也正式與大武部落合作，從部落的生態及人文資源調查著手，與族人一起討論如何發展兼顧生計與生態保育的產業模式，並努力促成大武部落和林務機關、民間團體及其他學術單位的合作。

　　回憶起災後重建時，某些部落為了遷村與否甚至分配資源爭鬧不休，當時在大武擔任村長的彭玉花心裏只想：「到底哪時候我們才可以回家？」當然部落不乏其他成員認為應該遷移的聲音，但面對這樣的紛紛擾擾，大武部落成立了自救會，希望可以讓大家有自由表述意見的空間。

　　彭玉花認為，部落災後重建是「家務事」，是部落人應該主動積極參與的事情，不應過於依賴公部門或是非營利組織的資金介入，她

希望「自己的家園自己救」，因此向分布全國各地的大武部落族人請求金援。

在回去與不回去的爭執當中，大武部落沒有和其他部落一樣，面臨分崩離析的主要原因，除了對原鄉土地與文化的使命，也要歸納於耆老的智慧。部落中的耆老認為，「不能在外頭決定部落事務，要決定至少也要回家決定，畢竟在山上後悔也會比在平地上來的好。」耆老的看法獲得大家認同與支持。

由於大武部落有一段聯外道路會通過河床便道，時常因豪雨、河水暴漲而沖毀，使原鄉重建工作難以連續。生態調查雖已耗費許多時間及人力，卻難以累積顯著成果，直到部落聯外的「古仁人橋」於2014年七月底正式通車，大武部落的文化保存及生態產業發展工作才得以更順利地推展。

透過屏科大森林系陳美惠教授的穿針引線，大武部落和林務局合作進行「原鄉參與里山倡議及協同經營行動研究計畫」。大武部落擁有豐厚的里山資本，希望透過協同經營培力部落居民自主參與公共事務，並擁有能力察覺、解決部落問題，為共管山林建立永續運作的機制。

從復振小米農耕與文化，讓年輕人回鄉扎根

和許多原鄉部落一樣，大武部落也有青壯年人口外流的困境。雖然莫拉克風災點燃了一群年輕人對於部落的關心，投入重建扮演舉足輕重的角色，但部分年輕人為了生計，還是得離開到外地打工。為了

打造部落年輕人留下來的動力，彭玉花與陳美惠討論後都認為，必須讓年輕人看見部落的發展潛力，讓他們有意願留在原鄉部落，因此重振小米產業，是大武部落給予年輕人信心的第一步。

小米是大武部落維繫生存的糧食作物，更是魯凱文化與生活重心。部落族人結婚、生小孩時，不像漢人是送紅包與油飯祝福，而是獻上一把小米。部落的婚喪喜慶，必備小米做成的「阿拜」（小米糕），女子義結金蘭時也用小米當作祝福；對魯凱族來說，小米是身份地位的象徵，能種小米才代表生活富裕。

為了復振小米產業與文化，大武部落第一年重新開墾的小米田屬於公共田，大家有福同享有難同當，產品由民間的基金會認購，搭配網路銷售。除此之外，部落婦女也開始絞盡腦汁，製作以「小米」為形象的大武部落特色產品，除了喚起凝聚力，也讓族人有工作收入，因此「小米故事館」應運而生。

在小米故事館可以看到許多小米裝飾的傳統頭飾。魯凱族女子對頭飾十分講究，單身女子、未婚有男朋友、已婚未生小孩，以及已婚有子婦女、祖母等，每個人戴的小米裝飾都不同。故事屋裡也完整展示一系列小米栽種過程，包括如何選地、燒墾、播種、趕鳥、採收等。

卸任村長後，擔任霧臺鄉大武部落就地重建協會執行長彭玉花說，小米故事館是少數有系統記錄小米品種、文化的地方，還沒開幕前就有許多學校來參觀，除了可以讓魯凱文化被外界看到，也同時販售當地人做的手工藝、農產品，讓小米兼具經濟價值。

小米栽培過程不只是農耕技術，更是社區凝聚力的展現。對部落

來說，小米反映出部落間的人際互動，像是收成前全村會總動員一起趕鳥，相較於現代社會的疏離，顯得十分珍貴難得。因此，當在部落文化的脈絡下談生物多樣性，其實就是在找回人地之間的關係、生態智慧。

大武部落的小米文化，並不是只放在故事館裡，由於部落地勢平坦，農耕技術發達，大武因此保留了21個小米品系，包括許多珍貴的土種。留在原鄉的族人自立自強，選擇以傳統小米產業展開重建之路，目前已有10多戶投入，復耕面積超過1公頃。

彭玉花說，在復耕過程中發現的小米品種，大致可分成兩類：一種是做小米酒、阿拜的糯小米，一種則是粥小米。這些品種在小米故事館展示，每年也會撒下種子復耕，延續這些珍貴的傳統品種。除了小米，部落也種植紅藜，這些糧食作物收成後不僅部落自用，也以「山中粟小米」與「山間藜紅藜」為品牌對外銷售。

對大武部落來說，小米不是放在博物館裡的種子庫，而是生活。現在大家擔憂氣候變遷，山區原鄉首當其衝，通過層層考驗還能活下來的小米品種，展示了生物多樣性的多元和古老的智慧。

小米故事館選在莫拉克風災六週年前夕開幕，對族人和屏科大社區林業團隊別具意義。風災後，雖然族人決定在原鄉重建，社區林業團隊也進去協助居民養雞、整理空間，但聯外交通始終不順，道路肝腸寸斷，遇雨便成孤島，得靠流籠渡河，觀光發展受阻，但留守部落的族人可以靠小米維生，不致斷炊。

在屏科大的協助下，大武部落「小米故事館」不僅成為展示小米文化、傳統智慧及農糧作物多樣性的場域，同時也是部落農產品及文

月桃編織是大武婦女擅長的手工藝。

創商品的展售平台。大武部落族人在農耕過程中,一向不使用農藥,
但為了在市場上獲得消費者的信賴,2015年起大武部落共1.0756公頃
農地也申請有機驗證通過。

　　彭玉花有感而發地說,當初族人經過討論,決定留在原鄉重建,
雖然不敢說經濟已經很穩定,但在這過程中,大家慢慢學習如何對自
己的作物負責、怎麼行銷,向外界證明,回到原鄉還是能存活下來。

大武部落紅藜田及與後山景。

「我們可以做得很好,希望外界看見我們堅持回來復耕,把傳統作物發展成經濟作物是可行的,」她強調。

除了小米,月桃也是大武部落另一項重要植物資源,婦女會以月桃的葉鞘作為編織蓆墊與器皿的材料。月桃製品在魯凱文化中佔有重要位置,例如嫁娶時女方須帶著自己編的月桃草蓆至男方家;部落若有族人去世,也須將月桃草蓆墊於往生者下方,隨之入棺。

為保存這項重要的文化傳統，並創造部落婦女的經濟收入，大武部落也成立月桃工藝班，鼓勵將月桃編織技術運用到文創商品的製作上，以促進部落的文化保存與經濟發展。

此外，大武部落的農業生產也和生態旅遊結合，辦理紅藜、小米採收工作假期，讓遊客能實地體驗作物採收的勞動過程及後續的處理加工，例如用傳統方式以杵臼為紅藜脫殼，透過從產地到餐桌的旅程，以身體感受土地、農業及部落文化的溫度。工作假期也結合部落既有的生態旅遊遊程，讓遊客除了能聆聽深度的部落文化巡禮解說，品嚐以在地食材製作的風味餐，也能體驗月桃編織或小米吊飾DIY，透過手作創造對於部落的美好記憶。

發展林下養雞，循環農牧也可以兼顧生態

大武部落參與林務局推動「原鄉參與里山倡議及協同經營」模式的試驗，除了傳統作物的復耕與生態旅遊的推動，更以「靠山吃山」的方式開始發展更多樣化、符合山林資源永續原則的混農林業，以增進部落面對氣候災變時，糧食自主供應的能力。

除了小米、紅藜等糧食作物，大武部落也期待有穩定的肉類蛋白質來源，供應部落托育班學齡前兒童及老人共食所需，因此與屏科大社區林業團隊合作，嘗試在林下環境飼養土雞。團隊引進畜牧、獸醫等專業資源，部落利用6至8個月時間建立林下養雞模式，從飼料挑選、疫苗接種、進新雛、飼養照顧、環境控制、消毒、屠宰到銷售，已建立系統化的循環農業運作模式，並遵循不超過環境承載力

走一條共森到創生之路

的原則。

例如小米、紅藜疏苗後，多出來的幼苗可以餵養雞隻，危害紅藜與蔬菜幼苗的蝸牛也能抓來集中餵雞，而雞隻的糞便則能作為小米與紅藜的肥料使用。土雞除了供應部落所需，也能提供做為生態旅遊的風味餐，或是販售給一般民眾，增加部落額外的收入來源。

然而推動林下養雞並非一蹴可幾，畜牧養殖與傳統農耕可說是截然不同的知識領域，在屏科大動物科學與畜產系教師的技術指導下，2014年起大武部落族人與研究團隊不斷嘗試與累積飼養經驗，引入各項專業技術支援，務求林下養雞事業從飼養管理至商品出貨等流程，部落族人都能夠逐步接手所有工作項目，提升產品品質與安全，並以「大武森雞」為品牌對外行銷。

剛開始大武部落林下養雞選擇的雞種是黑羽土雞，後來改採中興大學提供的紅羽土雞，因為黑羽土雞在環境適應上不如中興大學選育的紅羽土雞，黑羽土雞在大武部落的存活率約70%，中興大學提供的紅羽土雞存活率約90%以上，加以黑羽土雞的小雞不易購買，因此屏科大團隊改與中興大學動物科學系陳志峰教授接洽提供雞種。

興大選育的臺灣本土紅羽土雞品種為「中興紅羽1982」，活力好、抗病力強，不僅非常適合放牧飼養，更歷經32世代（35年）的育種選拔，改良了雞隻的早熟性與生長體重，但仍保留了阿嬤年代鄉村土雞的味道。在陳志峰教授團隊指導下，大武部落對紅羽土雞的飼養管理及雞肉品質已穩定，為穩定雞隻生產，目前輔導團隊正研擬建立大武部落自行孵化雛雞的系統，希望部落的雛雞來源能自給自控，減少交通運輸的成本及碳足跡。

大武森雞採取開放式環境飼養，讓雞隻有充足的活動空間。

　　飼料管理上，除了從飼料公司購買來的飼料外，大武部落也就地取材增加飼料來源的多元性，例如農田裡疏苗而來的紅藜苗、小米苗和山當歸苗，菜園整理的雜草與被蟲啃食嚴重的蔬果，從野外採集的構樹、假酸漿、咸豐草，撿拾非洲蝸牛打碎煮熟，還有定期剁碎種植的白鶴靈芝草、香茅和魚腥草的草料。

　　大武森雞在過去有油脂過多的問題，經興大動物科學系專業團隊

判斷，原因出在飼料行並無配製肉雞飼料，賣給部落的是肉鴨飼料，肉鴨飼養追求短期育成，因此配方有相當高比例的脂肪。為改善這個問題，興大陳志峰教授與畜產試驗所高雄種畜繁殖場張伸彰博士接洽飼料公司翁士殷副總經理，特別調配大武森雞專屬的兩期飼料。

飼料公司特地為此開一條生產線，每次調配一噸分裝飼料，逐次分批販售給大武部落。大武部落在飼料剩下四天份時提早預約訂購，下山載送飼料上山。當到達兩期飼料交換期，新一批飼料混著前一批的飼料餵養四、五天，讓雞隻適應新飼料，以免雞隻產生不適的狀況發生。

大武森雞也有專門的獸醫師協助疾病與管理上的諮詢，鄭清輝獸醫師會在雞隻送屠宰前上山視察、開立健康診斷書，也會透過電話與雞場管理人員討論飼養管理近況，給予專業諮詢指導，並連結屏東縣家畜疾病防治所的資源，支援部落管理需求。

為讓雞隻有更開闊的活動場域，族人也擴建大武森雞的飼養雞場，將公母分開飼養管理，避免公雞攻擊導致母雞背部嚴重落羽。分開飼養不但可漸少攻擊行為，讓換肉率達到最高，減少弱肉強食的情況發生，也讓雞隻體型與重量能達到一致。

大武森雞每批飼養時間約15至16週左右，出貨前三天，除了請獸醫師到雞場確認雞隻健康，並填寫家禽健康證明書，同時部落族人也會到屠宰場拿取雞籠。為落實防疫，屠宰前一天需充分消毒車輛與雞籠，當晚抓取雞隻入籠，隔天凌晨三點下山，五點將雞隻、車輛消毒表與健康證明表交給屠宰場。雞隻屠宰完畢後，部落族人挑選要分切的雞隻，交由屠宰場分切之後，接著開始進行拔毛與包裝。包裝完畢

後，交給屠宰場急速冷凍12小時，隔天在屠宰場分裝入箱，貼上運貨單，送至位於屏東鹽埔的宅配公司的集貨所，即完成所有作業。

為了讓顧客能買得安心，大武森雞除了送到合格屠宰場，出場時都有貼屠宰合格標籤外，研究團隊也將大武森雞樣本送至屏科大農水產檢驗與驗證中心，進行肉品抗生素與動物用藥檢驗，檢驗結果為7項四環黴素類、4項氯黴素類與48項動物用藥均未檢出。雖然客人時常反應雞隻分切不夠小塊，但經諮詢三位畜產專家得知，有鑑於雞隻屠宰並非當天現宰現賣，分切太過小塊容易讓碎骨混入肉品，也會有血液汙染問題，因此採用大塊分切後急速冷凍，不僅能維持雞肉口感，對食品安全也較有保障。

在口感上，大武森雞的饕客反映，公雞肉質彈性佳、皮Q、膠質多、有咬勁、香甜，烹煮上較適合湯品料理，例如藥膳食補，燉湯等。母雞肉質細緻鮮嫩，脂肪較公雞多一些，皮薄肉汁多甜，烹煮上適合乾式料理，像是烤、煎、炒、滷等。根據顧客意見調查，研究團隊為了推廣大武森雞，在大武部落生態旅遊的粉絲專頁上，也會不定期推出各種大武森雞料理方式，吸引消費者購買。

從山當歸發展混農林業，顧生計也保生態

除了建構「大武森雞」的林下農牧循環模式，大武部落保有俗稱「山當歸」的臺灣特有種「台灣前胡」野生族群，因此在屏科大森林系的育苗技術協助下，從部落附近的山林成功引入野生種進行栽培，部落也進一步與屏科大食品科學系合作，分析山當歸的成分及研發加

大武山當歸非常搶手。

工品，增加山當歸的經濟效益，也避免野生族群的山當歸資源被採集耗盡。

　　山當歸（台灣前胡）在分類上是繖形科前胡屬多年生草本植物，為臺灣特有種，主要分佈於本島中、高海拔山區。因為與中藥前胡同

大武部落發展循環農業養菇，成果豐碩。

屬，傳統民間會利用根部入藥，具有解熱、鎮咳、鎮痛、祛痰等作
用。2015年6月部落族人到舊大武採集野生種子進行田間培育，共種
植 1,200株，面積約三分地。隔（2016）年3月開始陸續採收，除了
販售生鮮品，部落也與屏科大食品加工廠合作，最後選定「山當歸

茶」與「山當歸藥膳包」增加多元利用價值。

　　山當歸和大武森雞搭配烹煮成為當地特色料理，2016年8月部落族人擴增栽種至六分地、數量約兩千多棵作為地方特色餐飲，部分製成山當歸藥膳包與茶包利於保存使用。有鑑於第一年已將作業流程系統建立，第二年山當歸採收後先將清洗與擷取葉部及根部的工作於山上完成，再送屏科大食品加工廠作業包裝，因此作業時間節省一大半。

　　山當歸葉子與根部送至加工廠後，葉子會先進行揉捻與烘乾，根部則進行震盪清洗、削切與烘乾，兩種烘乾完成後，進行分裝包裝，成為商品。研究團隊聘請設計師連同生鮮品、藥膳包與茶包三項產品的包裝及DM進行設計，讓大家認識山當歸。

　　大武部落林下經濟產物除了山當歸，也和屏科大農園生產系合作開發「大武森鮮菇」。農人將小米、紅藜收成後遺留的莖稈打碎，與木屑調配比例製成紅藜稈太空包養菇。蕈菇經過多次收成，太空包重量明顯減輕，將其介質養分倒於山當歸田間作為肥料，所生長的山當歸莖葉又可以餵食雞隻，雞糞再與木屑、枯枝落葉混合發酵成有機質肥料，施入部落農田繼續種植傳統作物。此舉不僅建立循環農業經濟模式，也就地處理惱人的農業廢棄物問題。

　　大武部落運用友善環境的農法積極復耕，保存並記錄21種小米品系，在此過程中維持農田生態系及農糧生物多樣性，而在農畜生產、加工、銷售過程中，各項專業（食品科學、農園生產、動物科學）給予協助，都讓部落的小農產業發展愈趨穩健，展現傳統知識和現代科技整合所創造的可能性。

在莫拉克風災後，大武部落因所屬土地安全而進行就地災後重建，並透過與屏科大團隊的合作，進一步和林務機關、NGOs及其他學術單位發展出多元的協同經營體系。透過集結部落的傳統智慧與不同專業領域，大武部落積極振興傳統農業、發展生態旅遊及林下經濟等產業，讓兼顧生產、生活、生態的里山資本得以永續發展。在此過程中，屏科大團隊扮演的是輔導、陪伴、引介資源的角色，部落產業所創造的經濟利益皆回饋到部落本身。

透過傳統農耕的維持、林下經濟與循環農業的發展，大武部落近年不僅已重建自給自足的生活模式，也因為部落地質相較安全，每當颱風來襲時，大武部落也能在聯外道路中斷的情況下有足夠的糧食安然生活，是三地門、霧臺鄉中少數無須撤到他處避難的部落。大武部落的經驗不僅呼應了里山倡議的行動面向，也是因應極端氣候提升韌性的典範。

以生態工法整修獵人古道，凝聚部落意識

大武部落除了落實生活與生產的振興，對於生態環境的維護也同時進行。部落現址回到舊部落的獵人古道因長期缺乏維護，又因莫拉克風災影響，路徑頹圮損壞，無法通行。為重建這條部落尋根之路，大武部落與臺灣千里步道協會、屏東林管處、屏科大社區林業團隊合作，於2016年11至12月間辦理三個梯次的「Labuwan獵人古道工作假期」，結合步道施作及生態旅遊，招募志工與部落族人一同用手作古法修復古道。

大武部落林下養菇以「森鮮菇」為品牌銷售。

　　臺灣千里步道協會成立以來，重視多元的公私協力關係，積極推動公民與社區互動並參與手作步道。有別於過去依賴機具及水泥的步道施作方式，手作步道強調就地取材、因地制宜，就算用適當器具施作，也重視避免傷害環境。這種以符合在地文化的修復步道工法，和里山倡議所強調的人地和諧關係相吻合。

　　大武獵人古道貫穿部落私人土地與國有林班地，修復工作除了需

要屏東林管處的全力支持，也需要部落內部的共識凝聚。屏科大社區林業團隊在一年半內取得在地24位地主的同意書後，才讓工作假期得以推動。古道修復的材料取用在地的土石、木材，以符合友善環境的原則進行修復，並在專業講師與部落耆老的合作下，將傳統智慧與現代步道施作手法融合，呼應了里山倡議的精神。

部落古道修復的過程，不僅協助保存傳統步道施作知識，也讓族人有凝聚共識的機會；林務機關與部落願意在狩獵資源調查議題上展開合作，也建立互信基礎。

讓人們能夠留在家鄉土地上生活，是大武部落發展林下經濟的最終目標。無論是一級生產、二級加工或三級生態旅遊，發展林下經濟的目的，最終都是要達到人與環境、生產與生態的平衡，使山村居民不必離鄉背井，能夠在家鄉土地上生活。彭玉花表示，目前大武部落常住約100人，即使有些居民在平地工作，假日也常常回來部落，令她感動的是，兒子顏紹恩從軍中退伍後，也回鄉協助父母，享受天倫之樂。

→大武部落林下蕈菇產品多元。

山中粟小米、山間黎紅藜

　　小米、紅藜是部落的傳統作物，恢復種植有助於荒廢農田地力的改善，且部落中有許多百年梯田，壘石田埂具有護坡功能，需要不斷種植、維護，才能保持梯田的完好。大武部落族人意識到自給自足的重要性，於是從傳統作物—小米、紅藜開始復耕並發展為經濟作物，兼顧生活及生計，也保留下部落重要的傳統文化。

大武森雞

　　蛋白質來源的需求讓族人思考於山林間飼養土雞,與中興大學合作將育種選拔的臺灣土雞品種「中興紅羽1982」引進部落,並輔以疏苗的小米、紅藜、山當歸、次級蕈菇、香茅、山泉水等良好食材餵養,讓雞隻在林下空地適性生長,照顧族人也另闢一條產業出路。

大武山當歸

　　山當歸又名台灣前胡，分布於海拔600至2,000公尺的山區，由於本身具有特殊氣味，且藥性溫和，山當歸為過去族人時常於野外採集下山販售的中草藥材，為了保護野生族群，決定進行大武部落在地的山當歸種原培育，讓部落產業依附當地的里山資本。

大武森鮮菇

　　部落環境條件適合養菇，並藉由當地小米、紅藜收成後的農廢莖稈作為太空包中部分的介質，賦予了農業廢棄物其他用途，紅藜稈太空包的設計達到零廢棄的目標，維護生態環境，養分資源得以循環在這片土地間。獨特的紅藜稈太空包養菇成為大武部落經濟發展的新趨勢。

達來與德文—
石板屋與百年咖啡樹述說老故事

　　省道台24線來到屏東縣三地門鄉，這裡是以排灣族琉璃珠聞名的
原鄉，也是里山地景中「森、川、里」交會的門戶。在這串琉璃珍珠
中，達來部落可說是生態與人文的寶地，時常可見黑鳶展開翅膀，乘
著河谷裡上升的氣流盤旋，也讓達來部落有著臺灣「黑鳶故鄉」的美
稱。

　　達來部落是三地門鄉人口最少、遷村最晚的一個部落，目前達來
部落所在位置是1989至1991年陸續遷至於此，遷村後的達來部落稱之

為新達來，原來的達來村稱作舊達來。由於遷村時間較晚，舊達來部落石板屋保存相當完整，具有百年歷史的舊達來部落完全沒有受到風災影響，古早的石板屋和周邊的山水景色依舊迷人。

新舊部落之間以吊橋為主要通道，橫跨北隘寮溪縱谷。自莫拉克風災過後，新達來環境產生相當大的改變，許多地區被列為危險區域，為了讓居民能繼續在原鄉部落發展，保存傳統的原住民文化，社區開始凝聚生態旅遊產業發展的方向。

黑鳶、古道、老樹與老屋，老故事讓人流連

從達來部落跨過隘寮北溪對岸河階台地的舊達來部落為原住民保留地，周邊與屏東林管處林班地相比鄰，早期是平地往來霧臺的唯一交通要道，因此保有許多部落早期生活遺跡及古道，有著豐富的人文歷史資源，目前也是達來部落居民的開心農場。這裡有將近百年歷史的石板屋，還有六、七十年歷史的石板路、教堂、國小教室與警察分駐所等建築，老屋、老樹背後都有說不完的故事，發人思古之幽情。

步道、老樹、老石板屋與老故事，讓達來部落成為省道台24線閃亮的排灣人文生態瑰寶之一，但2019年莫拉克風災一度讓達來部落現址受創慘重。8月8日當天，原本風光明媚的台24線一夕之間變成性格

達瓦達旺是達來最原本的部落名，族人用壁畫呈現象徵著新教堂與舊部落臍帶相連不忘本。

暴戾的野溪，洪水猛烈地灌進部落。部落族人見苗頭不對，趕緊往外撤離。暴雨過後，達來部落部分區域地滑嚴重，不但道路被沖斷，有的居民房子被土石掩埋，無家可歸。

莫拉克災後重建過程紛紛擾擾。雖然官方將達來部落判定為安全堪虞的區域，要求居民遷村到平地的永久屋，但對部落居民來說，其生活智慧與文化傳承都與山林脫離不了。遷居平地，文化滅族的危機感更遠甚於莫拉克帶來的震撼。

官方要求遷村的壓力當前，達來部落居民透過達瓦達旺教會主任牧師郭明輝（giljagiljaw）帶領禱告下，決定留在原鄉重建，其所憑藉的信念，是要將受到莫拉克風災影響而中斷興建的達來部落達瓦達旺教會完成，並透過生態旅遊，維繫達來部落的山林環境與生活文化。

漂流木做十字架，讓族人的心不再漂流

「這座超過一噸重的漂流木十字架透過部落會友的力量才能立起來，象徵著團結、合心，也見證苦難未被風災擊垮，」達瓦達旺教會主任牧師郭明輝說道。

排灣語「達瓦達旺」是達來部落的舊稱，翻譯成漢語有「團結、

→連接新舊達來部落之間的吊橋。

合作、向前看」的意思，象徵著堅毅不拔的精神。達瓦達旺教會屬於臺灣基督長老教會系統，歷史已超過70年，是達來部落居民的精神信仰中心。

1987年達來部落即曾經因省道台24線的開通，從舊部落遷移至現在的位址，達瓦達旺教會也同時搬遷。搬遷至新部落的教會，先以鐵皮屋搭建成聚會所，經過多年風雨摧殘，加上聚會人數日增，不敷使用，主任牧師郭明輝決議建立教堂。

興建期間，達瓦達旺教會遭遇莫拉克風災，工程幾度停擺，災後重建期間，莫拉克災後重建會又以安全考量為由，將部落劃定安全堪虞區，希望將達來部落遷村至平地永久屋，導致工程被迫停滯。經召開全村部落會議，村民經過禱告之後，一致決定留在原鄉，用信仰守護部落與教堂。

走進達瓦達旺教會，眼光會被迎面的巨型漂流木十字架與石板屋建築所吸引。郭明輝說，這個超過一噸重的漂流木十字架，是由臺南玉井的加利利宣教中心免費提供。加利利宣教中心在莫拉克風災過後，與屏東林管處合作，利用漂流木打造方舟教堂，完工後的方舟教堂，加利利也不藏私，將多餘的漂流木分享給達瓦達旺教會。

郭明輝記得，當吊車載運這個超過一噸重的漂流木回來後，經過修飾與組裝，部落族人一齊出力豎立起十字架的時刻，他內心非常激

←達瓦達旺教會是達來部落精神信仰中心。

郭明輝牧師述說達來部落在莫拉克風災後重建過程。

動。他說，他個人出身達來部落，從回鄉宣教到看見族人面對莫拉克衝擊決心堅守家園，齊心豎立漂流木十字架，他始終感受部落族人團結堅定信仰，才能走出莫拉克風災的陰霾，重新站起。

除了教堂裡的十字架，講台、桌椅也都是用漂流木製成。此外，教堂建築硬體也是用排灣石板構成，而這些石板都是族人合力從舊部落運來，象徵著新教堂與舊部落臍帶相連不忘本。郭明輝說，族人還把部落遷移的故事與口耳相傳的故事做成壁畫刻在大片石板，融入教堂建築，希望後代牢記達來部落的生命故事。

舊部落當開心農場，生態旅遊分享排灣文化

達瓦達旺教會主任牧師郭明輝說，除了感動於族人堅守家園，屏科大森林系教授陳美惠帶領著社區林業團隊陪伴部落發展生態旅遊，更是達來部落能夠在災後五年內重新站起來的關鍵。

達來村是三地門鄉人口最少、遷村最晚的部落，從隘寮北溪對岸河階地的舊部落搬來現居地只有約二十多年。位於河谷兩岸的新舊部落透過吊橋連接，從舊部落還可遠眺南、北大武山挺拔之姿。

莫拉克風災當中，達來部落現址的地基受到河水掏蝕而發生地滑，反而是對岸河階地的舊達來部落完好如初，不得不讓後代佩服原

舊達來部落現在成為族人的開心農場。

住民祖先觀察自然、瞭解自然與順應自然的智慧。

雖然舊部落交通不便而遺世獨立，卻也因此保留了完整的排灣族石板屋群，數量與品質都可說是晚近石板屋（日治時期建造，有別於老七佳、舊筏灣古老的石板屋群）於全國之最。除了房屋，街道也是用石板與石頭砌成，原味十足。這些原本湮沒於荒煙蔓草間的石板屋群與石頭街道，成為屏科大社區林業團隊協助達來部落尋根與發展生態旅遊的本錢。

舊達來部落大約是在100年前，日本統治者為了管理方便而命令部落從深山中遷出，經過部落的祖先挑選至隘寮北溪左岸定居，至今已超過百年歷史。1980年代，政府基於舊部落對外交通不便等因素，才將部落再遷到台24線旁達來村的現址。

由於從舊部落遷至現址的時間還不久遠，對許多部落老人家來說，舊部落還遺留著許多兒時生活記憶與故事。

達來部落的生態解說員藍陳耀顯說，連接新舊部落之間有一處陡峻的步道叫「辭職坡」，早年台24線還未建成通車時，從三地門前往舊達來部落、霧臺鄉大武村、阿禮村和吉露村都要走這條路，被分配到這幾個地區教書的老師，只要走完這條陡峻的步道，就會打定主意辭職不幹，所以村民就把這條路取名「辭職坡」。

除了保留完整的歷史文物，舊達來部落保留著完整的生態環境，抬頭遠望，經常可見黑鳶乘著河谷氣流在天際間優雅地盤旋。隨著環境污染日益加重，現在平地要看到黑鳶十分不容易，但在達來部落抬頭向天，經常可以看到黑鳶翱翔，是賞鳥者的天堂。

①達來部落耆老吟唱古調。
②舊達來部落遺跡訴說著往日歲月。

年輕人創業，陪伴部落推動生態旅遊

奧山工作室創辦人林晨意，是參與部落居民投入舊達來部落從荒煙漫草整理成部落開心農場與發展生態旅遊的見證人。她就讀屏科大森林系碩士班期間投入台24線生態旅遊的發展，陪著部落族人花整天的時間爬山找尋舊水源地引山泉水到舊部落，協助整理舊部落的環境種植蔬果、紅藜、小米與萬壽菊等植物。畢業後，林晨意創立工作室，留下來陪伴部落參與生態旅遊的推動。

「過去部落作風味餐，蔬果食材得跑去平地買，價格不便宜；利

德文部落族人親手揀選咖啡生豆。

走一條共森到創生之路

德文部落仍舊保持著日治時期栽種的咖啡樹。

用舊部落的農地自己種，新鮮的蔬果再搭配小芋頭、樹豆等特色食物，結合部落媽媽的好手藝，每位吃過風味餐的遊客都說讚，」林晨意說。

　　災後重建不只是把永久屋等硬體蓋好，更重要的是內在精神的凝聚，以及對大自然的省思，而這也是屏科大社區林業團隊一直風塵僕僕地陪伴部落推動生態旅遊的原因。

德文部落咖啡焙炒體驗。

　　如果說達來部落的生態旅遊亮點是體驗部落開心農場的往日時光，三地門鄉德文部落生態旅遊則是台24線上回味臺灣咖啡日治風光的另一顆琉璃珠。

德文部落，百年咖啡樹述說往日時光

　　德文部落位於屏東縣三地門鄉東北方，主要靠屏31鄉道連接台24線道聯外，主要由分成魯凱族的相助聚落、排灣族的德文聚落、上排灣聚落與下排灣聚落共四個聚落組成。雖然分屬不同原住民族，除語

德文部落製作咖啡體驗示範。

言之外，生活與文化皆大同小異。

　　由於位處三地門鄉海拔最高的位置，日治時期德文部落就引進咖啡樹種植在德文高等學校實驗農場，日本人曾經拿德文咖啡去參加國際比賽榮獲銀牌獎。但光復後，日本人並未將種植咖啡的管理技術留下，僅留幾株咖啡老樹靜靜在山中繁衍生長。

　　直至80年代，喝臺灣咖啡的風潮開始流行，德文部落重新發展咖啡產業，從中摸索林下咖啡栽種與咖啡烘培的技術，逐步打響德文咖啡的名聲。由於部落將「德文咖啡」列為重點產業重振計畫，屏科大團隊與三地國小德文分校合作，開始著手進行部落咖啡產業人才培育

德文部落生態旅遊-咖啡採收體驗。

及田野調查，希望重現當年咖啡風采。

　　2010年起，屏科大團隊協助地磨兒協會透過勞動部培力就業方案，義務培訓德文部落的生態旅遊解說人員，並派員進行社區溝通與輔導，幫助德文部落規劃生態旅遊遊程及服務，並藉由屏科大森林系

課程，持續帶領修課學生進行部落環境資源調查。

不過部落內部一度對社區發展想法不一致，為促進溝通與整合，團隊決定自2013年先暫停相關輔導工作，直到2015年部落內部取得共識，團隊再度進駐德文部落，並且組織生態旅遊服務小組，重新啟動德文部落輔導工作，導入訓練課程，培訓新一批解說員，並規劃出一日遊與二日遊套裝行程，配合季節及部落文化，推出咖啡採收體驗行程與石板窯體驗。

工作假期體驗食農，也紓解人力荒

規劃以原鄉食材為主題的體驗行程，主要用意為近年來食安問題層出不窮，一般人對食材從產地至餐桌的過程不甚了解，只從價格來評斷食物的價值。為了讓消費者了解部落產品及栽種過程，感受農人耕作辛苦，因此規劃團隊在生態旅遊加入農事體驗，依照各部落盛產的農作物，安排工作假期的主題。

德文部落栽植咖啡面積高達30多公頃，每年採收量可達6噸，但部落勞動人口外流嚴重，在咖啡盛產季節，時常面臨來不及採收的困境。經與德文部落生態旅遊服務團隊討論，規劃出一日遊與二日遊的咖啡採收工作假期，一日遊針對一般遊客與親子團，二日遊則鎖定可以協助採收的青壯年，希望為部落注入人力活水。

德文部落咖啡大多栽種原住民保留地的農牧用地上，比起栽種小米和紅藜等傳統作物而言，咖啡的栽種主要以割草與修枝為主，管理上更為粗放，經濟價值也頗高，故栽種面積越來越廣。林下栽種咖啡

的產量雖然不如商業化大面積栽培，但咖啡的香氣較為濃厚，也促成林業試驗所到德文部落進行林下咖啡試驗研究，希望為當成九成以上居民依賴的產業，建立可長可久的生產基礎。

以生態旅遊串聯里山亮點

德文部落歷經莫拉克風災，仍維持著與公部門與學術單位的合作關係。雖然風災破壞了德文原有的「德文八景」，但仍積極持續推動林下咖啡栽植，積極開發專屬部落的生態旅遊，以旅遊帶動部落一、二級產業。也因重視部落教育，除了傳統部落技藝、古調教授外，也把部落重要的咖啡產業，納入小學課程當中，希望部落孩童將學習到的咖啡新知，傳遞給部落其他族人了解，也讓部落孩童對自己的土地能更加親近。

三地門鄉除了達來、德文部落積極運用里山倡議的精神發展生態旅遊與林下經濟，位於台24線從平原入山門戶的山川琉璃吊橋，是莫拉克災後重建代表性的觀光建設。但2015年開放參觀後湧進過多遊客，反而造成當地許多居民困擾，也引發爭議。

為了化危機為轉機，屏東縣政府與屏科大團隊招募霧臺、三地、瑪家三鄉居民，培訓成為山川琉璃吊橋解說員，兩期共計55名通過認證，除了擔任山川琉璃吊橋解說，也成為串聯周邊部落遊程的帶路人。

山川琉璃吊橋解說服務團隊接續於2017年正式立案為合作社組織，扮演串聯台24線知名旅遊景點，橋接大、小眾旅遊的角色，而山

從舊達來部落遠眺遠方大武山系。

川琉璃吊橋也成為民眾進入台24線部落的入口平台,與達來、德文、大武與阿禮部落發展串聯旅遊,結合周邊已經成熟的工坊店家,開發出更加多元的遊程體驗。

第十章|達來與德文—石板屋與百年咖啡樹述說老故事

達來部落生態旅遊

　　走在達來舊部落的彎彎碎石步道，可聽著部落解說員沿著步道述說著部落傳統植物的故事；舊達來部落的石板屋保存相當完善，無論在數量或完整度上都可稱得上三地門鄉之最，更凸顯舊達來部落的傳統；新達來部落的達瓦達旺教堂是由部落族人親手興建而成，表達著排灣族的精神，『達瓦達旺』在排灣族的意思為（團結、合作、向前看）的意思。

德文部落咖啡

　　德文部落種植咖啡可追溯自日治時期日本人引進阿拉比卡品種，並一度代表臺灣出國比賽，榮獲世界競賽銀牌獎，進貢日本天皇享用。光復後德文咖啡曾一度沒落，直到近年飲用咖啡的風潮再起，三地門鄉公所再重新推動復育咖啡與振興，德萊公園還保有20多株百年老咖啡樹，由部落居民守護。

第十一章

從台24線到十八羅漢山，
里山根經濟開枝散葉

　　屏科大社區林業團隊運用里山倡議的精神在阿禮、大武、達來、德文等台24線沿途部落發展生態旅遊、循環農業與林下經濟等模式，也開始從點、線、面串連起部落、小型農場、特色工坊與店家等，發展更多元豐富的特色遊程，逐步擴大生態旅遊經營範圍，讓里山根經濟規模化。

　　由於阿禮、大武、達來、德文部落已建置完整的生態旅遊服務體系，台24線里山根經濟效應也擴散到屏北的山川琉璃吊橋、原住民族文化園區、北葉部落、禮納里部落，以及屏北地區沿山公路上的銘泉生態休閒農場、萬安溪、吾拉魯茲部落、佳平部落、林後四林平地森林園區等範圍。

　　甚至與隘寮溪僅有一山之隔的荖濃溪上游，同樣在莫拉克風災受創嚴重的高雄市六龜區十八羅漢山自然保護區周邊社區居民，也以里山根經濟作為災後重建與發展地方創生的新策略與目標。

　　一場「里山根經濟」泛起的漣漪效應，正從瑰寶台24線向周邊擴散，不僅在地居民參與生態旅遊基礎調查，對山林環境與傳統文化有更深的認識而堅定守護家園，他們利用里山森林資本創造的綠色經濟效益，也吸引在外遊子與年輕人留下來發展產業扎根，並隨著各自的

經營創意，讓根經濟開枝散葉。

從阿禮部落擴散的山林守門意識

2008年起，屏科大團隊與林務局開始協助霧臺鄉阿禮部落發展生態旅遊，希望建立台24線的生態旅遊第一個示範點。可惜正逢訓練成熟準備對外經營之時，2009年阿禮部落遭到莫拉克風災嚴重打擊，災後族人四散，不僅導致生態旅遊推動工作停擺，風災加劇了原本鄉村社區面臨人口外流、文化崩解等困境。

為因應這些困境，林務局以2010年在日本名古屋舉辦的生物多樣性公約第10次締約方大會所提出的「里山倡議」作為施政理念，提出社區林業應以搭建永續環境之生態、生活、生產為定位，加強從社區到政府、非政府組織到私營企業的鏈結，在政策、制度和策略做法上調適，建立社區與政府共同治理森林的方法，為部落族人與政府帶來更多共同利益。

2010年起，林務局開始支持留居原鄉的部落族人透過災後山林巡護、監測行動，加強收集部落傳說故事、狩獵文化、山林知識，將知識活化，並重建生態旅遊服務體系。留居原鄉的族人除了接受解說服務訓練之外，也與永久屋基地族人共組「阿禮風古謠樂團」，參與文創商品開發、歌謠紀錄。

長期的生態旅遊培力，讓阿禮部落對於山林環境與文化資產的守護更具責任感。有鑑於阿禮部落在多數族人搬遷下山後，原鄉不時發生非法狩獵、文物遭竊取及遊客任意進出的情況，甚至發生阿禮國小

門前的百年龍柏和具有百年以上歷史的頭目家屋石板遭竊，族人決定進行義務性的巡守，於2012年11月正式成立「阿禮部落巡守隊」，希望遏止外來者在原鄉的失序行為。

部落自主倡議劃設自然人文生態景觀區，管制旅遊脫序

然而原鄉資源被破壞或竊取的情況日趨嚴重，許多遊客的脫序行為讓族人忍無可忍，即便向警方報案，也礙於警力不足而力有未逮。因此阿禮部落在2015年召開部落會議，表達依照《發展觀光條例》將部落劃設為「自然人文生態景觀區」的共識，藉以管制外來訪客不當遊憩行為，保障部落守護在地資源及發展生態旅遊的成果與努力。

除了阿禮部落，大武部落也面臨相同的挑戰。隨著大武部落的道路修復完成，加上哈尤溪溫泉在媒體的曝光，許多遊客大量湧入，甚至有人會自行開著吉普車亂闖，在當地生火煮食，並且留下垃圾，對大武部落當地居民的生活及生態環境造成莫大的干擾。此外，許多意圖自行前往哈尤溪的遊客，對當地氣候變化與地理環境不熟悉，缺乏在地導遊引導下，相當容易釀成意外。

因此大武部落亦於2016年召開「部落戶長會議」，達成大武部落推動劃設自然人文生態景觀區的共識。部落期待以生態旅遊或深度旅遊的模式，推動單一窗口與總量管制等方式規範遊客進出大武部落及哈尤溪，使部落發展觀光產業的同時，自然與文化資源也能永續發展。

阿禮、大武部落不僅透過霧臺鄉民代表會提案表達劃設「自然人

屏科大森林系陳美惠教授（左二）與團隊成員展示林下經濟產品。

文生態景觀區」的心聲，霧臺鄉近年觀光發展逐漸興盛，帶來旅遊效益也產生諸多旅遊衝擊，困擾在地。在地社區無法擁有實質權力進行遊客行為管制，亦無整體經營規劃與管理機制，無法源依據也無力長期維護在地人、文、地、產、景資源。

為此，霧臺鄉公所也認同劃設「自然人文生態景觀區」的聲音，

從2015年開始屏科大團隊到各部落溝通與召開說明會，進行籌備事宜。經過溝通、協調、串聯，隔年霧臺鄉的阿禮、大武、神山、霧臺、舊好茶五個部落皆已通過部落會議，凝聚爭取劃設自然人文生態景觀區的共識，霧臺鄉公所因此於2016年12月委託專業團隊執行「霧臺鄉自然人文生態景觀區」規劃案。

霧臺鄉公所推動劃設「霧臺鄉自然人文生態景觀區」的目的，除希望藉由《發展觀光條例》的法律授權，劃定區域進行深度生態旅遊的規劃與管理，改善以往的旅遊亂象，更期盼藉由多方資源、跨域合作，培力在地族人參與景觀區的經營，以提高當地資源管理的效能，藉此提供經濟收益回饋在地，落實以公私協力為核心的協同經營。

霧臺鄉爭取劃設「霧臺鄉自然人文生態景觀區」的法令根據，主要是《發展觀光條例》第2條第5項規定「自然人文生態景觀區：指無法以人力再造之特殊天然景緻、應嚴格保護之自然動、植物生態環境及重要史前遺跡所呈現之特殊自然人文景觀，其範圍包括：原住民保留地、山地管制區、野生動物保護區、水產資源保育區、自然保留區、及國家公園內之史蹟保存區、特別景觀區、生態保護區等地區。」

同法第19條則規定，「為保存、維護及解說國內特有自然生態資源，各目的事業主管機關應於自然人文生態景觀區，設置專業導覽人員，旅客進入該地區，應申請專業導覽人員陪同進入，以提供旅客詳盡之說明，減少破壞行為發生，並維護自然資源之永續發展。」由於這是全國原鄉的首例，後續屏科大社區林業團隊將依據這條法令精神，結合公部門資源協助主管機關推動自然人文生態景觀區經營示範。

一日小市集裡，新發國小學童主持幸福茶學園攤位。

跨單位公私協力，為里山協同經營法制化奠基

　　有鑑於台24線許多部落受到莫拉克風災重創，阿禮部落災後再起的故事有前例可循，台24線沿線的霧臺鄉大武部落，三地門鄉德文、達來部落也都跟隨發展生態旅遊，屏東林管處為建立與台24線部落的

生態旅遊與資源保育的溝通管道，並促成林務單位與部落的合作與信賴關係，2014年也與這四個部落成立「台24線部落生態旅遊及資源保育諮詢委員會」，透過定期召開會議，加強政府及民眾的關係鏈結外，也借重原住民的山林知識運用在森林資源保育及管理。

霧臺鄉自然人文生態景觀區劃設案由霧臺鄉公所委託中華民國永續發展學會郭育任講師與屏科大陳美惠教授合組規劃團隊進行，委託案計畫經費除了來自茂林國家風景區管理處經費支持，屏東縣政府及霧臺鄉公所也動用少額經費配合，屏東林管處則是透過台24線諮詢委員會議，針對霧臺鄉自然人文生態景觀區劃設及經營管理相關問題，提供各相關單位討論協商的平台，促進單位間的連結與合作。

此計畫之推動，也希望透過妥善保護霧臺鄉自然人文生態景觀的環境，避免因人為破壞而造成自然人文生態景觀滅失，藉由調查霧臺鄉部落的自然及人文生態景觀資料，包括自然生態景觀、舊部落遺址與舊有路線等圖籍，作為將來部落發展生態旅遊或其他保育經濟方案的具體參考資料，也做為長期推動里山倡議及協同經營的法制基礎。

霧臺鄉自然人文生態景觀區已順利劃設，是臺灣原鄉的首例，將來除需設置專業導覽人員，也可要求旅客進入該地區，應申請專業導覽人員陪同進入。此舉不僅可減少破壞行為發生，維護自然資源的永續，搭配部落特色文化祭典或活動，將可規劃具有特色的生態旅遊行程，同時創造出部落居民就業機會。

霧臺鄉自然人文生態景觀區的推動，在缺乏相關案例經驗參考下，規劃細節及執行過程仍必須採取從做中學、學中做。因此，掌握

①寶來社區李婉玲、陳美惠教授、陳駿季副主委、林華慶局長、黃國維處長、包基
　成主席貴賓大合照（左至右）。
②十八羅漢山解說員團隊組成十八羅漢山鑼鼓隊為活動開場演出。

里山倡議的精神就顯得非常重要，在林務機關與部落協同經營機制下，透過社區規範自發性保護自然生態系，讓棲地、物種、生態利益和相關文化價值受到重視，同時保障部落經營生態旅遊、區內自然資源永續利用的權利，讓里山根經濟的效益深化，可望增進族人返鄉，人才留在部落、活絡部落的可能性。

因此，霧臺鄉自然人文生態景觀區劃設案，雖然林務單位非觀光主管機關，但卻是在自然人文生態景觀區山林共管、永續部落社會與經濟，扮演極為重要與關鍵的角色。

里山根經濟，打造年輕人山村創業動能

莫拉克災後屆滿十週年，林務局也以社區林業的思想及作為，持續陪伴原鄉族人面對災後的部落發展問題，如何提升部落人力資源的質與量，並扎根原鄉經營，同時培養年輕一輩對於部落文化的意識和認同，這是原鄉的社會、生態與生產地景能否永續經營的關鍵。因此以生態旅遊、林下經濟等模式推動產業六級化，帶領人們體驗台24線里山資本之美，都可提升部落的價值與競爭力。

台24線開展的「里山根經濟」也為年輕人開創新機會，「奧山工作室」創辦人林晨意從攻讀屏科大森林系碩士班開始，就跟隨陳美惠教授蹲點台24線沿線部落超過10年，從部落文化內涵發展生態旅遊體驗活動，進而創辦工作室扎根在地產業。師出同門的廖晉翊，則創立「源森生態公司」則推動甜蜜森林計畫，帶領部落族人發展林下養蜂經濟。

林晨意並非原住民，會與台24線結緣是因為擔任屏科大森林系陳美

惠教授的助理，走進部落十三年，最後定居德文部落，與夥伴杜岱蓁一起將屏北地區的原鄉產品，以「奧山工作室」為名販售，希望「匯集山野的驕傲」分享給大眾。

此外，以吹奏鼻笛聞名的排灣族創作女聲少妮瑤・久分勒分，則持續投入記錄部落古調歌謠，傳唱人與土地的連結，情歌蘊含了親情、友情、土地情、萬物情，優美而深遠。在生態旅遊中，原住民常運用音樂來表現人地情感，音樂的感染與穿透力為生態旅遊增加體驗的豐富，排灣與魯凱音樂也透過生態旅遊讓更多國內外民眾認識，進而認同其文化價值。

另外，進駐成功大學育成中心的「雙肩智能優食公司」，也與大武部落、屏東科技大學、中興大學攜手合作，研創「循環智能農業」的「部落AI跑步雞」養殖模式。總經理陳墨協助大武森雞養殖過程結合最新區塊鏈應用，以遠端連線的方式，將大武部落的雞隻生長情況傳給遠端消費者，除了讓消費者了解雞隻的生長環境，還記載雞隻每天的活動情形，是否跑上一萬步。透過資訊的充份揭露，將「跑步雞」的健康情形傳遞給消費者，並透過預購接單，帶給農民更好的生計保障。

從霧臺、三地門到六龜，社區林業開枝散葉

里山根經濟不僅在省道台24線的部落與社區成形，效應也擴及鄰近的高雄市六龜區十八羅漢山自然保護區。與台24線同樣在莫拉克風災中遭受重創，荖濃溪畔的六龜於災後亦積極進行各項產業重建，培

育出實力堅強的農民與在地社區工作者，居民以里山根經濟作為發展地方創生的新策略與目標。

林務局表示，選定十八羅漢山自然保護區作為六龜的經營據點，要讓外界看到十八羅漢山就想到六龜，培訓並成立十八羅漢山自然保護區解說團隊，接受遊客預約，安排進入保護區由導覽解說員介紹區域內的物種；並結合「六龜嬉遊記」帶路遊程，讓遊客有機會進入六龜的農家體驗，鏈結六龜六級化產業的發展，創造專屬於六龜山城的永續經濟。

位於高雄市六龜區台27甲線旁的十八羅漢山，由台27線隔著荖濃溪遠瞻，72座峰峰獨立的山頭，山勢層疊聳峙，極似眾多羅漢並坐，故稱十八羅漢山，素有小桂林之稱，與三義火炎山、南投九九峰同列臺灣三大火炎山，更與大霸尖山、龜山島同列為國家級特殊地景。

十八羅漢山由古老的六龜礫岩層組成，其東側有南北向的土壟灣斷層順著荖濃溪將六龜礫岩層與變質板岩的樟山層直接接觸；西側由六龜斷層與長枝坑層直接接觸，該區歷經百萬年的地質作用才雕塑出現今陡峭岩壁的特殊景觀，但其地質特色卻伴隨有不可預期性落石的安全疑慮，林務局於1992年劃設「十八羅漢山自然保護區」納入國家保護區系統，保護本區特殊卻脆弱的地景，並訂定管制措施，以避免國家重要地景環境受開發壓力而遭破壞。

從拍桌對罵到拍肩合作，以生態保育為觀光基底

1997年起，屏東林管處即陸續委託成功大學、屏東科技大學及中

解說員於保護區外解說在地特色。

山大學等學術單位,針對十八羅漢山自然保護區的地質相、植物相、
動物相及地質地理特色進行各項監測調查。截至目前,植物相調查到
555種,其中嚴重瀕臨絕滅、瀕臨絕滅等稀有植物計有臺灣牆草、田
代氏鼠尾草、寬葉母草、少葉薑、鈍葉朝顏及多花山柑等38種;野生
動物相調查到144種,包含八色鳥、遊隼等27種保育類野生動物,更

①在地好物六龜市集——山茶、農特產、人文工藝共40攤位參與。
②十八羅漢山生態導覽解說接受現場報名申請。

於六龜隧道內記錄到長尾鼠耳蝠、臺灣鼠耳蝠等6種穴居蝙蝠；昆蟲相亦調查到臺灣貂蛾等684種昆蟲。

相較於1994年間「十八羅漢山自然保護區」劃設初期，僅調查到2種魚類、8種兩生類、4種爬蟲類、53種鳥類以及5種哺乳類總數71種，至今調查到的動植物總數已增加至1,383種。其中，稀有植物及保育類野生動物之種類亦增加60種，同時還發現絕跡已久，僅在文獻記載之動植物，例如：田代氏鼠尾草、寬葉母草及臺灣貂蛾，顯示十八羅漢山自然保護區的劃設，除了保育地景，更保育了野生動植物的重要棲地，才吸引了這些生態的新住民。

六龜地區於2009年莫拉克風災期間受損嚴重，當地居民期待結合十八羅漢山自然保護區發展觀光產業，重振地方沒落的經濟，不斷和主管的屏東林管處協商開放觀光，但林管處也擔心十八羅漢山的特殊地景以及自然生態系如果遭受人為任意的干擾變動，可能就難以恢復。地方居民與屏東林管處曾為此爭論，一度拍桌吵架。

但2017年屏科大陳美惠教授團隊根據在台24線推動「里山根經濟」的模式，在屏東林管處的委託下，培訓在地居民成為十八羅漢山自然保護區解說員，結合周邊生態，規劃一連串教育、生態旅遊行程，不但漂亮化解保護區和觀光發展衝突，也讓在地居民與屏東林管處「拍肩」合作，形成夥伴關係。

屏東林管處邀請屏科大陳美惠教授團隊與六龜的地方組織「寶來人文協會」、「荖濃溪環境藝術促進會」共同辦理「十八羅漢山自然保護區環境解說服務團隊」培訓計畫，不僅獲得廣大迴響，六龜區12個里的居民都一起投入，展現驚人的凝聚力，報名的131位民眾年齡

層從20歲到70歲不等，背景有當地里長、旅遊經營業者、家庭主婦、返鄉青年等，均為設籍六龜的在地居民。

他們接受環境解說跟教育培訓，第一批共有46位通過認證，成為十八羅漢山自然保護區首批環境保護暨解說服務人員，而培訓課程結束後，這群解說人員沒有停下學習的腳步，除了在十八羅漢山自然保護區就地實習1個月，還召開多場工作會議，討論社群行銷方式，從Facebook粉絲專頁的創立、命名到蒐集照片，都不假外人之手。

推動社區林業十多年，陳美惠被六龜區居民所感動，因為這次十八羅漢山自然保護區的案例是國內保護區經營管理的重大突破，讓居民感受到保護區之間的關係，由於參與人員都是當地居民，解說過程可以融入在地人的在地知識、情感，進而帶動地方永續觀光經濟。

老中青超強凝聚力，打造六龜深度旅遊行程

為了共享十八羅漢山自然保護區的資源，林管處請屏科大社區林業團隊將屏東經驗帶入高雄六龜，同時為了彌補社區林業團隊在六龜的社區人際網絡較為生疏，這次還有當地的寶來人文協會與荖濃溪環境藝術促進會一起和專業團隊合作。

這樣的合作模式讓保護區與民眾之間的關係有了突破性的發展。專業團隊進入社區扮演的是中立客觀角色，而在地協會則是負責關係經營角色，一起合作推動相關事務，凝聚社區共識。

目前十八羅漢山自然保護區到六龜地區共打造三種旅遊型態，分別是以十八羅漢山自然保護區為主的環境教育，區內可看見蝙蝠群

森林養蜂試驗。

聚、珍稀特有植物、以及特殊的U形谷地質地形景觀;另結合保護區
周邊的生態旅遊以及當地部落的深度旅遊,沿著荖濃溪,沿途體會精
采的人文、景觀以及農特產品。

　　解說員張運正為社區工作者、亦是一位有多年導覽解說經驗的文

223

史工作者，他介紹六龜農產品有新威里的木瓜、寶來里的梅子、新發里的原生山茶、中興里獲得專利認證的玫瑰，豐饒的物產、地理、人文風采，對保護區環境教育遊程是個嶄新的契機，希望透過遊客在認識保護區參與環境教育的同時，了解六龜歷史，進一步走進六龜，成為各社區發展整合的機會。

為維護自然保護區中的生態與避免打擾生物棲息，經過相關單位的環境與安全評估之後，決定開放第4、5號隧道做為環境教育解說場域，想要參與解說的民眾需在進入前5日向林管處完成申請，並且聘請解說員，依照規定配戴裝備以及安全帽，每日上限為100人次。

社區林業結合USR，要讓甜蜜森林遍地開花

瑰寶台24線的「里山根經濟」效應，不僅在屏北地區開枝散葉，還從隘寮溪流域跨越一山之隔，來到荖濃溪上游的台27線六龜地區。有鑑於部落與社區對生態旅遊、林下經濟、循環農業等發展需求殷切，凸顯培養社區林業的經營管理人才，刻不容緩。

因此，屏科大森林系也透過林務局社區林業中心與教育部大學社會責任實踐計畫（USR）的支持，發展「甜蜜森林」的林下養蜂計畫，規劃設立「森林養蜂場」教學基地，為推動森林養蜂技術，建立一處可供學校師生、林農、蜂農、果農、社區部落、返鄉或留鄉青年方便學習的處所。

屏科大森林養蜂場從構思到完成基地建置，歷時三年。森林養蜂場串聯森林系學生及社區部落，除了培養學生新技能，搭配社區林業中心的教育培力，作為學校專業服務全國民眾學習森林養蜂的場域，不僅使

得森林養蜂推動能量大幅提升，也順利接軌鄉村地方創生發展。

從2016年4月成立森林養蜂小組，森林養蜂場蜂群擴增50箱規模，至今已有25位師生、6個年輕部落族人成為核心參與蜂群管理。2019年更開始於莫拉克風災重創的霧臺鄉阿禮村、佳暮村、吉露村、霧臺村，三地門鄉德文村，瑪家鄉、牡丹鄉高士村等地，規劃設立6處部落型養蜂場，培養25名族人在部落森林養蜂創造經濟效益的新技能，期許為山村部落開發別具特色的林下經濟模式。

目前森林養蜂基地教學人次，已累計學生約800人次、6個部落居民348人次，產出4本實務專題報告，也可提供養蜂諮詢服務，從事森林蜜、花粉、蜂蠟等森林副產品生產，並且開發相關教學方案。透過辦理訓練班，全國已有155人接受屏科大森林養蜂訓練，學員回到家鄉後，由三箱蜜蜂開始啟動的甜蜜森林計畫，也正「蜂」起雲湧的在各地展開。

建立段木香菇經營模式，為原鄉找尋創生動能

除了「蜂」起雲湧的甜蜜森林計畫，屏科大社區林業中心也正積極振興段木香菇的栽培技術，希望這套「萃取樹木一身精華，森林裡的循環再生」模式，能夠在原鄉部落重振。

段木香菇曾經帶動山村部落經濟，但由於中國廉價香菇銷入、太空包栽培法興起，欠缺林木資源等因素，致栽培者驟減，段木香菇生產逐漸沒落，1990年代之後，段木香菇栽培幾近消失。

時隔20年，段木香菇的自然純淨與獨特性，在2013年之後再度引

起消費者喜愛而生產回升。目前主要栽培地點在新竹縣尖石鄉與關西鎮、南投縣埔里鎮、桃園市復興區、苗栗縣南庄鄉、臺東縣大武鄉、屏東縣牡丹鄉、宜蘭縣南澳鄉、大同鄉等原鄉地區，是許多山村部落居民傳統利用山林的方式與生計的來源。

　　然而段木香菇生產仍面臨幾項問題，包含菌種選擇須配合生產環境，要有因地制宜的養菌、植菌技術。各地不同樹種產生的段木香菇有質量差異，需要針對樹種評估，了解哪些是作為段木香菇最佳的潛

段木香菇植菌。

力樹種。此外，段木來源一直是這個產業能否持續的關鍵，需要有林木培育的專業，來穩定的段木來源及品質，協助產業六級化，結合森林環境加值利用，增進收益。部落普遍存在勞動力缺乏，段木粗重，未來朝向自動化、機械化栽培已是必然。

屏科大達仁林場位於臺東縣達仁鄉森永村的安朔溪上游，面積576公頃，海拔介於180至916公尺，空氣清新且水源純淨，山間多霧、森林純淨。達仁林場於日治時期設立，原名森永林場，屬日本森永星奈園株式會社所有，附近村民多為排灣族，過去所扮演的角色在於農業與林業的生產，這些地理環境與人文特色，使得達仁林場成為農業科技試驗研究與教育推廣基地，非常適合發展作為以林下經濟的一級特色生產，二級產品加工研發，以及三級環境教育與生態旅遊的「產業六級化教學林場」。

屏科大團隊2017年與達仁鄉當地栽培段木香菇的居民合作，歷經現勘討論後，於林場辦公室旁的林下設置段木香菇場。2018年導入教育部USR計畫資源後，研究團隊更加大步向前，以林下經濟為發展特色，邀請當地排灣族人參與段木香菇培植，建立完整的生產作業體系，發展兼具生態、經濟、健康與福祉的里山根經濟目標。

針對部落段木香菇栽培遭遇的問題，達仁林場的段木香菇場的規劃設計，可以提供部落學習，避免粗放式栽培的不確定性。同時也進行菌種純化與菌種保存技術，提供部落使用以提高出菇率。

另外，陳美惠教授也指導部落張姓示範農戶，以高士部落段木香菇栽培調查研究為論文題目，並於2018年11月22日榮獲原住民族委員會「原住民族研究論文發表」社會組第一名。

經過兩年建立段木香菇場、栽培技術及包裝行銷等完整的作業體系，2019年起，屏科大社區林業中心開設段木香菇基礎課程，協助全國社區部落25名人員學習林下栽培段木香菇的知能。屏科大將協助社區部落永續經營這項富含山林知識的循環經濟事業，進一步協助發展成為山村的地方創生事業。目前已培養屏東縣牡丹鄉高士部落2戶示範農戶、臺東縣達仁鄉1戶示範農戶，接續並將以屏東縣牡丹鄉為示範鄉鎮。

　　2019地方創生元年，林務局也推動林下經濟政策，如何找出偏鄉地區適地適性發展策略，也正是大家思考的。森林養蜂、段木香菇是經營林下經濟首波開放的正面表列物種，而屏科大也預做準備並接軌林務局響應地方創生的社會經濟需求，也為大學社會責任結合「里山根經濟」做出最佳具體實踐。

十八羅漢山自然保護區解說站啟用大合照。

從聯合國永續發展目標
看「里山根經濟」的時代意義

　　莫拉克風災於2019年屆滿10週年。10年來，省道台24線沿途的屏東三地門鄉與霧臺鄉，由部落社區的在地力量結合產官學的資源挹注與陪伴，以里山倡議為指導原則，發展在地特色的「里山根經濟」，結合生態、原民文化與產業共存共榮，不但吸引原民青年返鄉投入，也促進地方永續發展。

　　莫拉克風災令台24線沿線部落受創嚴重，隨之而來的是部落文化與人口流失。這些鄰近國有林班地的部落一旦從地圖上消失，珍貴的山林資源、傳統的部落文化、祭儀與知識將永無重返的可能。

　　因此，林務局自2010年起依國際間推動里山倡議的精神，與屏東科技大學社區林業研究室團隊攜手，在產官學資源與部落居民共同合作下，發展「生態旅遊軸線」、「農業循環經濟」、「里山林下經濟」三個友善環境的在地「根經濟」，透過產業六級化的加值模式，協助青年返鄉創業，為振興台24線山村永續發展而努力。

　　魯凱民族議會主席包基成感性地說，莫拉克的風雨像是洗一場很大的澡，通過這個洗禮，族人更加成長茁壯。

　　林務局也強調，10週年不是終點，而是一個里程碑，原鄉部落的重建之路正要邁入第二階段，在第一階段所累積的經驗與成果，以及

屏科大外籍生來到大武部落體驗魯凱民族美麗的人文風情。

孕育出來的青年創業團隊，都是推動第二階段各項工作的養份。期許
能繼續努力深耕在原鄉部落發展的里山根經濟，讓更多在平地討生活
的族人有一天也能回到山上的祖居地，重返家園。讓那場風雨所帶走
的，如今透過雙手，漸漸地找回來。

第十二章│從聯合國永續發展目標看「里山根經濟」的時代意義

里山根經濟與SDGs不謀而合

「里山根經濟」從省道台24線開枝散葉，所帶動的漣漪效應，剛好也契合聯合國永續發展會議所通過的「2030年永續發展議程（2030 Agenda for Sustainable Developmen）」所彰顯的精神與行動方案。

2015年9月，聯合國的永續發展會議（UN Sustainable Development Summit）發表「里約宣言」（以下簡稱Rio+20），通過了2030年永續發展議程（2030 Agenda for Sustainable Developmen），研擬17項目永續發展目標（以下簡稱SDGs），強調在兼顧「經濟成長」、「社會進步」與「環境保護」等三大面向之下，開展積極的行動方案，以致力達成人類與地球共榮的未來藍圖。

這17項永續發展目標分別是：

目標1. 消除各地一切形式的貧窮
目標2. 消除飢餓，達成糧食安全，改善營養及促進
永續農業
目標3. 確保健康及促進各年齡層的福祉
目標4. 確保有教無類、公平以及高品質的教育，及
提倡終身學習
目標5. 實現性別平等，並賦予婦女權力
目標6. 確保所有人都能享有水及衛生及其永續管理

目標7. 確保所有的人都可取得負擔得起、可靠的、永續的,及現代的能源

目標8. 促進包容且永續的經濟成長,達到全面且有生產力的就業,讓每一個人都有一份好工作

目標9. 建立具有韌性的基礎建設,促進包容且永續的工業,並加速創新

目標10. 減少國內及國家間不平等

目標11. 促使城市與人類居住具包容、安全、韌性及永續性

目標12. 確保永續消費及生產模式

目標13. 採取緊急措施以因應氣候變遷及其影響

目標14. 保育及永續利用海洋與海洋資源,以確保永續發展

目標15. 保護、維護及促進領地生態系統的永續使用,永續的管理森林,對抗沙漠化,終止及逆轉土地劣化,並遏止生物多樣性的喪失

目標16. 促進和平且包容的社會,以落實永續發展;提供司法管道給所有人;在所有階層建立有效的、負責的且包容的制度

目標17. 強化永續發展執行方法及活化永續發展全球夥伴關係

聯合國永續發展會議在發表《我們想要的未來》的文件中，提及消除貧窮是今日全世界所面臨的最大挑戰，也是永續發展所不可缺少的一個要件。其中，人是永續發展的核心，Rio+20強調要營造一個公平、公正且包容的世界，並致力合作，以促進永續且包容的經濟成長、社會發展與環境保護，在沒有任何歧視的情況下，造福所有的人，尤其是孩童、青少年及下一代。

Rio+20重申自由、和平、安全及尊敬人權的重要性，包括發展權、享受適當生活品質的權利（包括糧食與水）、法理、良善治理、性別平等、女權，以及發展民主公平社會的全面承諾，並強調為了讓目前與未來世代的社經與環境需求達到公平的平衡，必須促進跟大自然的和諧。它承認全球的大自然與文化的多元性，瞭解所有的文化與文明都對永續發展有所貢獻。

這17項永續發展目標每一個項目下也包含眾多細項目標，例如：

目標1. 消除各地一切形式的貧窮，當中即強調在西元2030年前，確保所有的男男女女，尤其是貧窮與弱勢族群，在經濟資源、基本服務、以及土地與其他形式的財產、繼承、天然資源、新科技與財務服務（包括微型貸款）都有公平的權利與取得權，並且讓貧窮與弱勢族群具有災後復原能力，減少他們暴露於氣候極端事件與其他社經與環境災害的頻率與受傷害的嚴重度。

目標2. 消除飢餓，達成糧食安全，改善營養及促進永續農業，當中即強調在西元2030年前，消除飢餓，確保所有的人，尤其是貧窮與弱勢族群（包括嬰兒），都能夠終年取得安全、營養且足夠的糧食。使農村的生產力與小規模糧食生產者的收入增加一倍，尤其是婦

①在部落才有的大武風味餐,豐盛地如同回到家般滿足,令人印象深刻。
②達來部落重建故事,成為媒體矚目焦點。

第十二章│從聯合國永續發展目標看「里山根經濟」的時代意義

女、原住民、家族式農夫、牧民與漁夫，包括讓他們有安全及公平的土地、生產資源、知識、財務服務、市場、增值機會以及非農業就業機會的管道。

確保可永續發展的糧食生產系統，並實施可災後復原的農村作法，提高產能及生產力，協助維護生態系統，強化適應氣候變遷、極端氣候、乾旱、洪水與其他災害的能力，並漸進改善土地與土壤的品質。

在西元2020年前，維持種子、栽種植物、家畜以及與他們有關的野生品種之基因多樣性，包括善用國家、國際與區域妥善管理及多樣化的種籽與植物銀行，並確保運用基因資源與有關傳統知識所產生的好處得以依照國際協議而公平的分享。

目標6. 確保所有人都能享有水及衛生及其永續管理，當中則在西元2020年以前，保護及恢復跟水有關的生態系統，包括山脈、森林、沼澤、河流、含水層，以及湖泊。

目標8. 促進包容且永續的經濟成長，達到全面且有生產力的就業，讓每一個人都有一份好工作，當中則強調促進以開發為導向的政策，支援生產活動、就業創造、企業管理、創意與創新，並鼓勵微型與中小企業的正式化與成長，包括取得財務服務的管道。在西元2030年以前，制定及實施政策，以促進永續發展的觀光業，創造就業，促進地方文化與產品。在西元2020年以前，制定及實施年輕人就業全球策略，並落實全球勞工組織的全球就業協定。

目標9. 建立具有韌性的基礎建設，促進包容且永續的工業，並加速創新，當中則強調發展高品質的、可靠的、永續的，以及

具有災後復原能力的基礎設施，包括區域以及跨界基礎設施，以支援經濟發展和人類福祉，並將焦點放在為所有的人提供負擔的起又公平的管道。

目標11. 促使城市與人類居住具包容、安全、韌性及永續性，則強調在全球的文化與自然遺產的保護上，需進一步努力，在西元2030年以前，大幅減少災害的死亡數以及受影響的人數，並將災害所造成的GDP經濟損失減少y%，包括跟水有關的傷害，並將焦點放在保護弱勢族群與貧窮者。強化國家與區域的發展規劃，促進都市、郊區與城鄉之間的社經與環境的正面連結。

目標12. 確保永續消費及生產模式，則強調在西元2030年以前，實現自然資源的永續管理以及有效率的使用。在西元2030年以前，確保每個地方的人都有永續發展的有關資訊與意識，以及跟大自然和諧共處的生活方式。制定及實施政策，以監測永續發展對創造就業，促進地方文化與產品的永續觀光的影響。

目標15. 保護、維護及促進領地生態系統的永續使用，永續的管理森林，對抗沙漠化，終止及逆轉土地劣化，並遏止生物多樣性的喪失，則強調在西元2020年以前，進一步落實各式森林的永續管理，終止毀林，恢復遭到破壞的森林，並讓全球的造林增加x%。

在西元2030年以前，落實山脈生態系統的保護，包括他們的生物多樣性，以改善他們提供有關永續發展的有益能力。採取緊急且重要的行動減少自然棲息地的破壞，終止生物多樣性的喪失，在西元2020年以前，保護及預防瀕危物種的絕種。

確保基因資源使用所產生的好處得到公平公正的分享，促進基因

①阿禮部落居民包泰德、古秀慧夫婦用嘹亮歌聲歡迎訪客。
②阿禮部落族人一起唱歌共舞。

走一條共森到創生之路

資源使用的適當管道。採取緊急動作終止受保護動植物遭到盜採、盜獵與非法走私，並解決非法野生生物產品的供需。在西元2020年以前，將生態系統與生物多樣性價值納入國家與地方規劃、發展流程與脫貧策略中。

瑰寶台24線永續發展實踐的意義

檢視在省道台24線執行「里山根經濟」的策略與所期待達成的目標，跟SDGs強調兼顧「經濟成長」、「社會進步」與「環境保護」等三大面向的行動方案與目標，可說不謀而合。

對於受莫拉克風災影響而必須遷居的原鄉族人來說，無疑是極端氣候下的受害者，因為他們被迫離開熟悉的山林環境來到平地，無論生活環境與生計收入都必須重新學習適應，而留居原鄉的族人，也必須持續因應極端氣候帶來的危機與挑戰。如何在兼顧延續原鄉文化與守護山林環境的目標下，創造永續的就業，同時培力部落社區因應極端氣候的韌性能力，就是在台24線推動「里山根經濟」所希望達成的目標。

原住民部落大多位於山區，森林環繞，不僅農業生產模式須堅守環境永續的原則，農作物種類也與平地農業有所區隔。為提倡當前所推動的林下經濟，原鄉部落針對第一階段正面表列的物種，舉凡金線連、森林養蜂等嘗試，已在台24線沿線的三地門鄉與霧臺鄉推展開來。透過林產物加工研發、原鄉文化加值活用等方法，讓族人能真正回到森林、善用森林，並自主管理資源，完整保護森林生態系的功能

下，將森林生態系的各種價值分享給周邊的社區，就像幾千年來排灣族和魯凱族之於森林的和諧關係一樣。

面對極端氣候的挑戰，必須調整過去掠奪式的經濟開發行為，轉而學習與環境共存。莫拉克災後十週年，台24線部落族人生活漸趨穩定，林務局以社區林業的思想及作為陪伴族人面對災後原鄉部落發展問題，雖然部落文化傳承、生計產業問題仍待持續努力，特別是提升部落人力資源質與量並扎根原鄉經營，以及培養年輕一輩對於部落文化的意識和認同，這是原鄉的「社會—生態—生產地景」能否永續經營的關鍵。

台24線因推動生態旅遊，這幾年來頗受外界矚目，部落以單一窗口、總量管制等方式採取生態旅遊或深度旅遊，讓部落發展觀光產業的同時，自然與文化資源也能永續發展。林下經濟發展，則是藉助部落森林的生態環境，在林冠下開展林、農、牧等多種項目的複合經營，以「林下經濟產業六級化」為主題，結合農業與森林生態系之林下栽培、林農產加工、環境教育與生態旅遊加值，期盼支持一種穩定、持續、多元的部落農林複合生態系統，作為社區林業兼顧生態與經濟的新型態山村發展的推動基礎。

從2009到2019這十年中間，省道台24線部落族人從做中學發展出「里山根經濟」。展望未來十年，期待2030年永續發展議程目標前夕，「里山根經濟」不僅在省道台24線發展有成，也能在臺灣，甚至其他國家區域追求經濟成長與永續發展的參考，成為全球永續發展的典範。

①部落耆老堅定的眼神流露出守護家鄉的渴望。
②部落耆老參與生態旅遊感受歡愉氣氛。

第十二章│從聯合國永續發展目標看「里山根經濟」的時代意義

台24線動植物

小紫斑蝶

大紅紋鳳蝶幼蟲

白紋鳳蝶

細蝶與其幼蟲

長尾水青蛾

蓬萊藍紋斑蛾

盲棘蜈蚣

莫氏樹蛙

臺灣長臂金龜

八重山硬蠊

泥圓翅鍬形蟲

兩點赤鋸鍬形蟲

百步蛇

五色鳥與雀榕

林鵰

熊鷹

山當歸

大葉溲疏

山櫻花

水麻

水晶蘭

走一條共森到創生之路

百合花

金毛杜鵑

咖啡

金線連

青楓

假酸漿

雀榕

走一條共森到創生之路

萎蕤

桝樹

屏東科技大學森林系社區林業研究室團隊及台24線生態旅遊資訊

屏科大社區林業研究室

https://www.facebook.com/comforestry/

(08) 774-0475

comforestry@gmail.com

屏東社區生態旅遊網

http://ecotourism.i-pingtung.com/zh-tw/Event/News

(08) 732-0415

阿禮部落生態旅遊 Adiri Ecotourism

https://www.facebook.com/AdiriEcotourism

(08) 774-0475

大武部落生態旅遊 Labuwan Ecotourism

https://www.facebook.com/Labuwan.Ecotourism

0925-102-711

q112820@gmail.com

都古夫樂部落微旅行 Tjukuvulj Mini Tour

https://www.facebook.com/Tjukuvulj

0955-133-994

達來部落生態旅遊 Tjavatjavang Ecotourism

https://www.facebook.com/Dawadawan.Ecotourism

0989-246-874

jane20040928@gmail.com

神山部落

https://www.facebook.com/shenshan99

(08) 790-2620

山川琉璃吊橋旅遊服務勞動合作社

https://www.facebook.com/gogoptnow

0905-175-330

liulibridge@gmail.com

十八羅漢山生態之旅

http://18mountain.npust.edu.tw/
https://www.facebook.com/18.arhats.mountain.ecotourism

(08)7236941#316

18.arhats.mountain.ecotourism@gmail.com

探索屏東24＊185公路生態之旅

http://24185ecotourism.npust.edu.tw/
https://www.facebook.com/探索屏東24185公路生態之
旅-590558034797696

屏東科技大學森林系社區林業研究室團隊及台24線生態旅遊資訊

參考資料

〈聯合國2030永續發展目標（SDGs）簡介〉，財團法人農業科技研究院農業政策研究中心編譯。

〈整合協同經營與里山倡議的森林治理—以阿禮與大武部落生態旅遊及資源保育為例〉，陳美惠、林穎楨，《臺灣林業科學》 32（4）：299-316, 2017。

〈屏東縣霧臺鄉大武部落的協同經營與里山經驗〉，陳美惠，國立屏東科技大學森林系，《公民咖啡館-2017里山倡議在南臺灣》。

〈屏東縣霧臺鄉阿禮部落的協同經營與里山經驗〉，陳美惠，國立屏東科技大學森林系，《公民咖啡館-2017里山倡議在南臺灣》。

〈屏東縣霧臺鄉德文部落的協同經營與里山經驗〉，陳美惠，國立屏東科技大學森林系，《公民咖啡館-2017里山倡議在南臺灣》。

〈臺灣生態旅遊發展之成績、挑戰和出路〉，陳美惠，國立屏東科技大學森林系，《林業研究專訊》 Vol. 25 No. 6 2018。

〈用專業推廣生態旅遊 用熱忱散播保育種子 陪伴部落成長的生態保母－陳美惠〉，汪文豪，《臺灣林業》雙月刊36卷第3期／2010年6月。

〈承祖先智慧，續永恆山林－走出八八陰霾，台24線生命再起的故事〉，汪文豪，《臺灣林業》雙月刊36卷第4期／2010年8月。

〈文化瑰寶Adiri雲端上的部落〉，包基成總編輯，順益臺灣原住民博物館出版，2012年10月5日。

〈看見臺灣破碎山河的一點星光，阿禮部落守護原鄉獲國家永續獎〉，汪文豪，《上下游新聞市集》，2013年12月9日。

〈魯凱小米說故事，霧臺大武部落，保留21種小米品系〉，林慧貞，《上下游新聞市集》，2015年6月19日。

〈到此一偷百年石板？阿禮頭目呼籲遊客自重〉，郭琇真，《上下游新聞市集》，2016年1月7日。

〈永續林業，生態臺灣〉，林華慶，《臺灣林業》雙月刊43卷第2期／2017年4月。

〈從拍桌到拍肩，六龜十八羅漢山居民如何證明觀光與保育不衝突？〉，洪嘉鎂，《農傳媒》，2017 年 09 月 16 日。

〈村菇雞聯盟，屏東大武打造新林下經濟〉，洪嘉鎂，《農傳媒》，2017年12月4日。

國家圖書館預行編目資料（CIP）資料

走一條共森到創生之路：瑰寶台24、里山根經濟 /
陳美惠, 汪文豪著 -- 初版-- 臺北市：
農業委員會林務局, 2020.04
256面；17x23公分
ISBN 978-986-5440-95-4（平裝）
1.農業經營 2.產業發展 3.人文地理 4.文集
431.2　　　　　　　　　　　108003679

瑰寶台24、里山根經濟
走一條共森到創生之路
Satoyama Revitalization in North Pingtung

作　　者	陳美惠、汪文豪
發 行 人	林華慶
總 策 劃	林華慶、廖一光、林澔貞
策　　劃	張偉顗、夏榮生、黃群策、羅尤娟、石芝菁、張雅玲、陳美惠、屏東科技大學社區林業中心
攝　　影	張大川（空拍）、汪文豪、屏東科技大學社區林業研究室
編　　輯	汪文豪、林鈺喬
美術編輯	邱柏綱
出　　版	行政院農業委員會林務局
地　　址	臺北市杭州南路一段2號
網　　址	http://www.forest.gov.tw
電　　話	(02) 2351-5441
印　　刷	彩峰造藝印像股份有限公司
出版年月	中華民國109年4月
版　　次	初版
定　　價	新台幣380元
G P N	1010900478
I S B N	978-986-5440-95-4
展 售 處	國家書店【松江門市】臺北市松江路209號1樓 (02) 25180207 五南文化廣場【臺中總店】臺中市中山路6號 (04) 22260330